Aunque nada perdure

Seix Barral Biblioteca Breve

José Adiak Montoya
Aunque nada perdure

Diseño de portada: Planeta Arte & Diseño / Eduardo Ramón Trejo
Fotografía del autor: © Omar Valle

Aunque nada perdure

© José Adiak Montoya 2019.
Publicado con acuerdo con Michael Gaeb Literary Agency

Derechos reservados

© 2020, Editorial Planeta Mexicana, S.A. de C.V.
Bajo el sello editorial SEIX BARRAL M.R.
Avenida Presidente Masarik núm. 111,
Piso 2, Polanco V Sección, Miguel Hidalgo
C.P. 11560, Ciudad de México
www.planetadelibros.com.mx

Primera edición en formato epub: abril de 2020
ISBN: 978-607-07-6687-9

Primera edición impresa en México: abril de 2020
ISBN: 978-607-07-6700-5

Impreso en los talleres de Litográfica Ingramex, S.A. de C.V.
Centeno núm. 162-1, colonia Granjas Esmeralda, Ciudad de México
Impreso y hecho en México - *Printed and made in Mexico*

Esta es una obra de ficción basada en personas reales. Algunos de los hechos y situaciones descritas responden únicamente a la imaginación del autor.

A Myriam y Eduardo, por esa casa llamada México.

Ho visto l'angelo nel marmo e intagliato
fino a quando non è stato rilasciato.

MIGUEL ÁNGEL

Pero es tarde,
a mis siete años yo ya no creo
en el arrepentimiento
de las estatuas.

MARIO MARTZ,
Sobre al arte de imitar a las estatuas

Managua, Nicaragua, 19 de mayo 1923

Fernando Solórzano, Ministro de Fomento y Obras Públicas, en nombre y representación del Gobierno de Nicaragua, y los señores Otto Kroldrup, Valdemar Pilby y Waldemar Garner, en nombre y representación de la sociedad Danesa "El Emigrante", según poder que se ha tenido a la vista y que fue otorgado en Kopenhaguen a los diez y nueve días del mes de Enero de mil novecientos veintitrés, ante los oficios del Notario Otto Viggo Philipsen Pralum y que se conserva en el archivo de este Ministerio, han convenido en celebrar el siguiente contrato:

I) La sociedad "El Emigrante" se compromete a traer al país dentro de cuatro meses que se contarán de la fecha en que se firme este contrato, cien familias de origen y nacionalidad danesa, compuesta cada una de ellas de más o menos seis miembros. Siendo entendido que este número es solamente el principio de la inmigración que se propone traer al país la sociedad mencionada y que será de dos mil familias de la misma nacionalidad y origen citado anteriormente y que serán las que han de ocupar las doscientas mil hectáreas de terreno baldío de que se habla en la cláusula segunda de este contrato en la forma que allí mismo se establece.

1

1931

La playa era distinta en Dinamarca, había algo en su oleaje o tal vez en el color del agua. Era otro océano, otro
viento y otro mundo. Vilhelm, intentando recordar su viejo país, cierra los ojos y escucha la marea, ahora le es más
parecida. Hace ocho años que partió hacia una aventura
incierta, y este sonido le recuerda todo lo que dejó atrás.
Confundidas entre el oleaje le llegan las risas de Niels y
el claro español de Edith. Abre los ojos y los ve, sus dos
hijos entrando a una adolescencia de esplendores. Sofie,
sentada en la arena a su lado, también hace lo mismo. Sí,
Nicaragua no es Dinamarca, es otro mundo, el mundo de
sus hijos.

La arena es cálida bajo el cuerpo de la pareja, disfru-
tan el horizonte cristalino del agua y el oleaje que, hipnó-
tico, parece traer noticias ya diluidas del país que han
dejado atrás. Edith, que corretea con su hermano, pierde
pie y cae de bruces sobre la arena mojada; Sofie, impulsa-
da por un instinto materno, se incorpora preocupada
mientras Vilhelm despide una sonora carcajada a la que
se suma el pequeño Niels. El vestido floreado de Edith ha
quedado empapado y lleno de arena. La muchacha, mayor y más grande que Niels, se arroja en venganza contra
el hermano y logra tumbarlo; ahora la madre también ríe.
Niels no parece molestarse, agradece que la hermana se

sume a sus juegos de niño. Apenas tres años los separan. Él ajusta los once, pero a esa edad un solo año de distancia es un abismo.

Sacudiéndose las vestimentas, con fuertes manotazos, los dos se acercan hacia el lugar en que descansan sus padres. El niño trae la cara compungida en señal de enojo contra su hermana. El sol, casi en la cumbre del cielo, cae de lleno sobre Edith y parece incendiar el intenso rojo de su pelo, arreglado en una larga y gruesa trenza que resalta como una lengua de fuego que Sofie ha tejido con esmero.

—Tengo hambre —reclama el pequeño Niels postrándose frente a la madre, que termina de sacudirle los últimos vestigios de arena.

—Vamos a almorzar enseguida, Nilito —Vilhelm le contesta al niño mientras acomoda el vestido de Edith.

Se incorporan y dando la espalda a la playa caminan hacia donde han dejado el vehículo. Desde hace un par de meses comienzan a disfrutar de estos miércoles en que la familia cierra su restaurante en Managua y dedican tiempo para ellos. Es bueno dejar lo que queda de la ciudad, salir un poco de esos escombros calientes, ir a la playa, sacudirse el concreto pulverizado que aún parece andar en el ambiente de la capital. Huele a muerte Managua, derrumbada; todavía el más leve movimiento o tambaleo les recuerda el horror de la sacudida, el dantesco chirriar de las casas desplomándose.

Hace apenas unos meses que han podido reabrir el negocio, la Casa Dinamarca, pero pronto han descubierto que necesitan estos miércoles de respiro, que Sofie necesita partir en dos su extenuante semana en la cocina, y aunque Edith y Niels los apoyan en todo lo que pueden, algo en Managua está roto y hay que salir de ella a veces.

Les había costado tanto asumirla como su ciudad desde que llegaron a ella. Se habían convertido en una familia nómada que venía de una travesía titánica desde Copenhague para convertirse en ambulantes también en Nicaragua, buscando de lugar en lugar hasta que Managua los había acogido luego de sus peregrinaciones. Atrás Copenhague, la capital de este país centroamericano. Era ahora su ciudad. Pero luego de la sacudida todo había cambiado, parecía no ser la ciudad de nadie.

Vilhelm enciende el motor al cerciorarse de que todos están a bordo, arranca el poderoso vehículo que, dificultoso, se enrumba sobre el camino de tierra tapizado por arena fina.

—¿A quién se le antoja un pescado frito? —pregunta, sabiendo desde antes que la propuesta será celebrada por todos. El pescado es una especie de comida exótica para ellos, todos los días comen lo mismo que se les ofrece a los clientes de la Casa Dinamarca y el pescado casi siempre falta en el restaurante.

El pesado Ford se desplaza sorteando piedras, el sol en el centro del cielo hace del automóvil un pequeño horno dentro del cual ellos se abanican sofocados; sus pieles se tornan aún más coloradas. La idea del pescado y una bebida fría les reconforta. Edith juega con su larga trenza.

Llegan al lugar, un mediano rancho de paja al que han ido ya varias veces. Los postes de madera que levantan la techumbre están incrustados directamente en la arena y unas pocas mesas y sillas se hunden en ella por su propio peso.

—¡Míster Gron! —La dueña del lugar despliega una sonrisa de dientes desordenados al verle. Se acerca a la familia.

—Doña Carmen, buenas tardes —contesta Vilhelm con un abrazo.

—Siéntese por acá, míster Gron —le dice al separarse de él y prepara las sillas de la mesa más cercana—. ¿Cómo está mi señora?

—Muy bien, Carmen. Muchas gracias —contesta Sofie con deficiente español.

—¿Y mis muchachitos lindos? ¡Qué grande que está esta niña! Ya es una señorita. —Los hermanos ríen.

—¡Gracias! —contestan ambos.

—¿Qué les traigo, míster Gron? ¿Su pescadito?

—Dos pescados para compartir, doña Carmen. Y ya le dije que no me diga míster —solicita con amabilidad.

—Ay, disculpe, es que es la costumbre con tanto gringo que anda por todos lados.

—Pero no somos gringos; cheles pero no gringos, ya le dije que me diga don Guillermo.

Una vez que el almuerzo es servido todos comen gustosos, se refrescan. Han sido una mañana y una tarde llenas de energía vitalizadora. Vilhelm hace digestión con una tibia cerveza que doña Carmen le sirve. Todos agradecen, elogian como siempre su cocina. Se levantan y Carmen se despide de todos.

—Se le espera de nuevo, don Guillermo. —A todos les causan gracia esos nombres, nombres que antes parecían tan ajenos: Guillermo y Sofía. Ahora también asumidos por ellos y para ellos, como este país que los adopta, y al cual adoptaron, con tantas dificultades. Al salir del lugar dos muchachos rubios, fornidos y con facciones duras están tomando asiento en una de las mesas; claramente son dos marines estadounidenses de licencia que han venido a disfrutar de la playa. Antes de entrar al vehículo se escucha distante la voz de Carmen.

—¿Qué les sirvo, místeres?

El camino de vuelta a Managua es lento. Pronto el frescor de las bebidas se va del organismo, el sol les pega de costado, cegador; octubre es caluroso. Tras el vehículo, como testimonio de su trayecto, se levanta una polvareda que cada vez que se disminuye de velocidad invade levemente el interior del auto y se les pega como una película fina en la piel sudorosa. El lago Xolotlán se divisa cercano en ciertos puntos del trayecto, es un cuerpo de agua tan grande que aún hoy, ocho años después, a la familia le parece sacado de un sueño, es un espejo azulado que duplica a su vez al volcán Momotombo en sus aguas, tan imponente que Edith, en el asiento delantero, podría jurar que toca su cima prehistórica con solo extender la mano fuera de la ventanilla. El potente rumor del auto ha arrullado a Niels y Sofie, que duermen plácidos en el asiento trasero.

—¿Hay volcanes así en Dinamarca? —pregunta Edith a su padre.

—No, no los hay —le contesta sonriendo.

—Cuando vayamos lo podemos llevar entonces —le sonríe cómplice la muchacha.

Vilhelm ahoga un nudo en la garganta… Volver, piensa como tantas veces. Llevar a Edith y a Niels a Dinamarca era un plan fijo para ese año, rehacer esa travesía en barco tiempo después para mostrar a sus hijos ese lugar extraño por el que preguntaban tanto, ese país tan de ellos y a la vez tan ajeno, como si fuese una invención, un cuento de fantasía. Lo había hablado con Sofie, ir de vacaciones para mostrarles a los niños dónde habían nacido, el lugar del que provenía esa lengua tan extraña para todos sus amigos nicaragüenses y que ellos hablaban en casa como si perteneciera a un código familiar secreto. Todo eso ahora era incierto, todo se había ido con el terremoto, los ahorros habían servido para reparar el restaurante.

—Espero que podamos llevarlos, Edith. —Vilhelm observa a su hija, su cuerpo se desarrolla, su rostro va ganando ya las facciones que la acompañarán para siempre en su vida adulta, su vestido la enfunda dificultoso, sus hombros son anchos y su rostro tiene una simetría casi perfecta. Ella vuelve la vista al volcán, alarga el brazo y lo atrapa con su imaginación, el lago y el calor se van con él, está ahora en el palacio de su memoria.

—¿Querés pasar por el parque Lastenia? —pregunta Vilhelm al divisar vestigios de Managua en el horizonte y en un arrebato por mimar a su hija.

—Las Piedrecitas, far —le reclama Edith riendo burlona de él—, ya no se llama Lastenia.

—Hija, en este país los nombres de las cosas siempre son nuevos.

—¡Vamos!

—Despertá a los durmientes.

Lo que más agradaba a Edith del parque Las Piedrecitas, lejos de las diversiones para las que ya estaba crecida, era la majestuosa vista de la laguna de Asososca. Caminando hacia un costado del parque, al que se ingresaba pasando debajo de un arco donde aún se notaba la huella de las letras arrancadas del nombre *Lastenia*, en antigua referencia a la esposa del presidente que había inaugurado el lugar, se encontraba el mirador. La laguna se extendía al fondo de un profundo valle y su color verdoso y la tranquilidad de sus aguas habían fascinado a Edith desde que era una niña.

—Hace miles de años esto fue un volcán —le dice Vilhelm mirando la laguna—; esto era el cráter.

Sofie se ha separado de ellos y ha llevado a Niels a apagar su antojo por algo dulce en alguno de los quioscos del parque.

—¿A todos los volcanes les pasa esto? —pregunta Edith.

—No lo sé, hija.

—Tal vez algún lago en Dinamarca ya fue como el Momotombo, no habría que llevarlo.

Una bandada de zopilotes planea sobre la laguna.

—Esos pájaros han hecho toda una colonia allí, al igual que los cocodrilos —explica el padre—. No se sabe cómo llegaron ahí.

—Alguien debe haberlos puesto, far.

—Esa es la idea, tal vez los mismos que tallaron las piedras que están en el fondo, Edith. —Extendiendo la mano y como lo había hecho tantas veces señalaba uno de los enormes farallones al costado del antiguo cráter, donde se encontraba tallado en piedra el símbolo de una serpiente enroscada y adornada con cuatro plumajes señalando hacia los puntos cardinales—. Esa serpiente lleva cientos de años tallada en esa piedra; aún hoy discuten qué hace allí o qué representa, pero lo único seguro, Edith, es que nada ha podido borrar lo que está tallado en la roca.

Edith, como otras veces, agudiza la vista hacia donde su padre le señala, pero le resulta imposible, no ve nada más que una mancha roja en los farallones de la laguna.

21

Solo una vez, cuando niña, durante los años del presidente Emiliano Chamorro, cuando el parque Lastenia vibraba, había visto la serpiente; hoy, años después, está convencida de que había sido su imaginación de niña.

Edith y su padre apartan la vista de la laguna y buscan a Niels y Sofie. Las Piedrecitas está desolado esa tarde, es mitad de semana en una ciudad aún herida. Pronto los divisan sentados en una de las tantas bancas de piedra que pueblan el parque, caminan hacia ellos sintiendo el frescor del viento que corre en el lugar y mece adormeciendo los abundantes árboles que rodean el parque en cuyo centro, como rey, se planta majestuoso un laurel de la India.

Niels come contento una cajeta de coco, al igual que su madre. Se sientan junto a ellos un rato, esperando que acaben sus manjares, hablando del viaje a la playa, del pescado, de doña Carmen. Sofie propone pasar por el mercado antes de que cierren, necesitan comprar carne para la jornada siguiente. Vilhelm regresa a los pensamientos prácticos, a la idea de seguir llevando adelante la Casa Dinamarca, la empresa que, después de tantos periplos, ha salvado la vida a la familia.

Regresan al vehículo despidiéndose cortésmente del guardaparque que permanece apostado en el arco de la entrada. Los mira extrañado, y más que a ellos, al poderoso vehículo Ford; Vilhelm lo obtuvo de un rico comerciante estadounidense que había quedado en la ruina luego de la apertura del canal de Panamá. Era rubio, la piel rasgada de arrugas y los ojos más tristes que Sofie y Vilhelm hubieran visto. Solía llegar cada tarde a La Dinamarca a beber cerveza y platicar largo rato con Vilhelm. Míster Foster, ¿qué habría sido de él?, le vendió el carro a un precio irrisorio para completar su viaje de regreso a Texas donde juraba que se repondría de la quiebra. A Vilhelm le gustaba pensar que habían sido amigos durante el corto tiempo que lo trató, por eso estimaba tanto el vehículo, aparte de toda la comodidad que le había dado a su familia con las diligencias del restaurante y ahora con los miércoles familiares fuera de Managua. Tal vez, piensa Vilhelm, con lo que quedaba de los ahorros no podrían ir a Dinamarca, pero podrían comprar una finca pequeña cerca del lago e ir los fines de semana.

Asososca se ha perdido de vista en el fondo del enorme agujero, salen del parque y toman el camino que va por una pendiente pronunciada que los llevará a la ciudad. Edith, sentada al lado de su padre, piensa en la piedra tallada. El vehículo brinca y se sacude.

—Es como ir montados en un toro —comenta divertido Niels.

La pendiente los hace ganar una velocidad mayor a la que Vilhelm puede controlar, una piedra mediana en el camino se interpone a una de las llantas delanteras. El auto salta y se sale de la vía. Un grueso árbol recibe el impacto de frente.

A Vilhelm el dolor en el pecho al golpear contra el volante le ennegrece la mirada por unos segundos. Al recobrar la visión voltea el rostro. Aturdido, intenta por un instante leer las facciones aterradas de Sofie y su hijo, los gritos. El vidrio frontal está completamente destrozado. No hay nadie en el asiento delantero. Todo dolor cesa cuando a tres metros frente al auto deshecho descubre el cuerpo inmóvil de Edith, bocabajo entre la tierra y las piedras.

2

1955-1956

La escultora era célebre. Por ello los estudiantes decidieron, desde el primer momento, buscarle para la tarea. Se había formado una pequeña comisión entre los más intrépidos alumnos para visitarle en su taller, que previamente habían logrado ubicar en el barrio Montoya, lugar que más de alguno de los muchachos conocía por la estatua del soldado niño que daba nombre al barrio. Al acercarse, el temor y la timidez iban ganando la batalla a sus temples siempre calmos frente a sus compañeros y profesores. La idea de acercarse a la escultora les asustaba un poco, qué tal si resultaba ser una huraña extranjera, sin interés en su petición, una artista de esas que viven extraviadas en el mundo de sus ideas, pensando incesantemente en lo que es de importancia solo para su interior, qué tal si se reía de ellos, de la propuesta de levantar una estatua. Ella podía, con un manotazo de desinterés, desechar la empresa que significaba tanto para la historia de la escuela y para los estudiantes, que cada día estaban siendo más traspasados por la ilusión de levantar el monumento en el centenario de la batalla.

El clima de Managua era abrasador y, dentro del taller, Edith, roja de calor, sudaba con el cincel en la mano. El humo del cigarrillo irritaba sus ojos sin que le importara. Trabajaba en la pequeña maqueta de una nueva escultura, una estatua de cuerpo entero de su pequeña sobrina Esperanza. La masa, fresca y en bruto, era un borrador en escayola de unos veinte centímetros que Edith presionaba con fuerza entre sus pulgares para formar los contornos de las mejillas de la niña. Concentrada, se divertía formando ese rostro tan pequeño al que había aprendido a amar, junto al de su sobrina Margarita, como a una hija propia. Dos golpes llamando a la puerta resonaron en el taller antes de que Sosita abriera y se deslizara dentro.

—Niña Edith —anunció el enclenque empleado de la escultora—, ahí en la entrada la busca un chavalero que dice que quiere hablar con usted.

—¿Niños? —pregunta ella dejando de lado el trabajo.

—Ni tanto, de colegio. Dicen que le tienen un encargo.

Edith limpia sus manos en un paño que descansa sobre la mesa de trabajo, se incorpora y con rostro de extrañeza se acerca a Sosita y lo inquiere con sus ojos claros; el muchacho levanta los hombros esqueléticos al punto de casi juntarlos en señal de desconocer más.

—Ellos solo me preguntaron que si aquí vivía Edith Gron, la escultora.

La mujer agradece con dos palmadas en la huesuda y a la vez fibrosa espalda de Sosita, esa espalda que conoce tan bien, de tantos ratos de ocio juntos tomándolo como modelo para brazos, piernas y gestos, un empleado fiel y un amigo aún más.

Los muchachos esperaban distraídos, observando la calle y las parejas que se dirigían al parque El Carmen en busca de la sombra confortable de algún árbol, pero a la vez deseosos de que pronto el mismo hombre que les había recibido volviera y los hiciera pasar. En lugar de eso, al abrirse la puerta apareció ante ellos una mujer de complexión delgada, en ropas sucias, tan blanca que resplandecía en el sol, y los absorbía con una mirada curiosa y a la vez con algo de candor, su rostro enmarcado en un rojo e intenso cabello corto. La misma que muchos de ellos ya habían visto en fotografías de los periódicos.

—Buenas tardes, jóvenes, ¿para qué soy buena?

—Buenas, doña Edith, somos estudiantes del Instituto Ramírez Goyena, y queremos hablarle de un proyecto que queremos realizar. ¿Nos regala diez minutos?

—Vamos a hablar al parque, muchachos —les contesta pensando en sus materiales esparcidos por el taller, en los olores de los químicos, en sus sobrinas, las pequeñas hijas de Niels, correteando por la casa.

Cruzan la calle mientras Edith avisa con un mediano grito a Sosa que estará en el parque. Los estudiantes son ya pequeños adultos, tienen casi todos los rasgos de un hombre. Mentras buscan el refugio de un árbol Edith los contempla, algunos hermosos, otros fornidos; siempre ha tenido una fijación con los cuerpos de las personas, absorber los rasgos y luego traspasarlos con toda la fuerza que requiere darle suavidad al mármol, endurecer rostros tenues en el granito.

—Primero, muchas gracias por recibirnos —repite el mismo estudiante mientras los otros reiteran a coro las gracias—. Como le decimos, somos estudiantes del Goyena y queremos hacer un acto de conmemoración para el centenario de la batalla de San Jacinto… —El estudiante hace una pequeña pausa para leer la reacción de la escultora sobre el hecho histórico que menciona, pues aunque sabe que ha vivido toda su vida en el país, sus ojos claros y su piel la delatan como extranjera.

—Sí, claro, la batalla de San Jacinto —reafirma la escultora dando a conocer la obviedad del asunto—, contra las tropas de William Walker.

—Claro —continúa el estudiante un poco inhibido—. Pues, bueno, nuestra idea es hacer un monumento y colocarlo en la entrada de la hacienda, un monumento que todo el mundo que pase por esa carretera pueda ver. Y obviamente pensamos en usted. Nada sería más hermoso para nosotros que contar con su prestigio para nuestra tarea y desde ya le digo que contamos con el total apoyo de la docencia del instituto.

Edith siente un tibio calor de vanidad y ternura que invade su interior, le conmueven los muchachos, la idea de hacer lo que hace un monumento: regalar permanencia a algo, en este caso a una batalla casi olvidada que, por alguna razón que Edith desconoce, parece afectarlos.

—Está muy linda la idea. —Edith le sonríe al estudiante—. ¿Cómo te llamás?

—Yo soy Roberto Sánchez, un gusto, doña Edith —contesta el estudiante que ha expuesto el proyecto.

—¿Y ustedes? —todos contestan uno por uno con sus nombres, se ven complacidos por la amabilidad tan contraria a la artista huraña que esperaban encontrar.

—Queríamos saber —interviene el último alumno en presentarse— si usted se interesa en el proyecto, si tiene el tiempo... y claro, hablar de sus honorarios.

—Muy bien, suponiendo que me intereso. Les digo que una escultura no es como comprar ingredientes para un queque. Es bastante caro. ¿Cuántos reales tienen?

Los alumnos intercambian miradas apenadas al momento de contestar a coro que no cuentan con un solo peso. Edith ríe con ternura por un segundo pero se detiene acomplejada al instante, siempre que ríe uno de sus ojos casi termina por cerrarse como resultado de un viejo y horrendo accidente de auto que la hizo convalecer por meses.

—Sin dinero no hay escultura, mis amores —dice recobrando la seriedad y su expresión habitual.

—Ya lo tenemos pensado todo, doña Edith, vamos a hacer una colecta —le responde un tercer estudiante que había permanecido callado hasta ese momento—. Lo que nos ha movido acá aparte de saber si usted acepta es saber cuánto dinero tenemos que recoger.

—Entonces tenemos que hablar de muchas cosas, sobre todo del material. El general Estrada era un hombre alto.

—No —la interrumpe un cuarto—, el monumento no sería a José Dolores Estrada.

—La estatua sería de Andrés Castro. ¿Sabe quién es? —pregunta Roberto Sánchez mientras Edith, avergonzada, se encoge de hombros.

—Exacto, ese es el punto, nadie lo sabe.

3

1989

Sentada en la sala de espera de la puerta de abordaje número dos del Aeropuerto Internacional Juan Santamaría, Edith Gron, cansada, lucha contra una somnolencia que cada segundo va ganando pesadez. Afuera, a través de los cristales, observa la explanada de la pista de aterrizaje y unos cuantos aviones estacionados como largas naves espaciales que reposan. Más allá, a la distancia, los árboles permanecen estáticos contribuyendo a la viva sensación cálida que febrero conserva en Costa Rica. Si acá hace calor, Edith no quiere pensar en Managua. Siempre se siente acogida por el clima de San José. Managua le parece odiosa en ese sentido, el bochorno la abruma, y era cuando solía esculpir: el esfuerzo del cincel, de amasar con fuerza, el polvillo de arcilla pegándose a su cara sudorosa, ese mismo polvillo fatal que empeoraba la sinusitis que padecía desde los catorce años como resultado del accidente. Era lo único que resentía de su ciudad. A la vez, para hacer las paces con el calor, se forzaba a recordar que ese clima tropical les había salvado la vida como familia; Sofie, su madre, nunca hubiera podido sobrevivir a la inclemencia de los inviernos daneses luego de que le diagnosticaran reumatismo y le dieran dos años de vida. Nicaragua la salvó regalándole la oportunidad de vivir muchos años más con Edith a su lado.

Ahora, mientras lejano se escucha el motor de una aeronave que se ha puesto en marcha, Edith piensa en ella, en Sofie, su madre y amiga inseparable. Se siente más débil, nunca había experimentado tanto abandono de sus fuerzas como en las últimas semanas. Siente que si se deja ir, el sueño será tan profundo que podrá reunirse en él con su madre. Pero lucha, no puede perder el avión, desea estar en casa lo más pronto posible, ver desde el aire aparecer los volcanes de su país, el profundo espejo del Cocibolca en toda su inmensidad.

Han sido meses difíciles y a la vez llenos de mucha vida. Su sobrina Margarita, con quien se ha hospedado en Costa Rica, ha venido a dejarla al aeropuerto junto a sus hijas Lucía y Sylvia, ahora adolescentes y rubias como danesas. La compañía de ellas había hecho placentera su estancia, las muchachas eran un eco vivaz que la reinsertaba en su eterno papel de tía, ahora que las hijas de Niels eran adultas. Las niñas le despertaban de nuevo ese calor de madre que ha cargado derrochando sin reparos a los sobrinos y sobrinas que han cruzado su vida. En esta visita, Sylvia, con quince años, se transformaba ante los ojos de Edith en las fotos de Sofie cuando era joven, como si al morir, casi al mismo tiempo del nacimiento de Sylvia, algo de su madre se hubiese escapado hacia la nieta que ya no llegaría a conocer. Edith sonrió al recordarlas hacía apenas unos minutos despidiéndose a la distancia antes de ingresar al área de pasajeros. El interior de su boca dio un pequeño pálpito de dolor y borró la sonrisa al instante.

El cansancio la embiste de vuelta y la saca de sus pensamientos, podría jurar que se ha quedado dormida por unos segundos y la ha despertado la punzada de malestar. El pálido color del aeropuerto la aburre. Suspira por la nariz para no forzar su boca. Restriega sus ojos con los

dorsos de los dedos índices y ve a su alrededor. Los aeropuertos siempre le han parecido lugares deprimentes,
embajadas de la nada; la desconcierta esa sensación de
estar y no estar en un país, son como limbos fríos. Piensa
que no deberían ser así; lugares tan emocionales como
estos, en los que se han dado tantas alegrías y tristezas
sinceras, deberían ser espacios más humanos, deberían
estar llenos de vida. Si hubiera podido, piensa ahora,
cuando aún esculpía, hubiera llenado los aeropuertos del
mundo con toda clase de figuras que hicieran que nadie
olvidara que se encontraba en un lugar lleno de todo lo
que era emotivo para los humanos: el amor, la distancia,
los reencuentros y el difícil arte de decir adiós. Eso que
ella misma acaba de hacer: abrazar a sus sobrinas, abrazar
a Margarita y decirle cuánto la quiere, darle las gracias
por una estancia tan confortable dentro de lo posible en
tan aciagas circunstancias que ahora rodean su vida. Ella
habría hecho de los aeropuertos, con sus propias manos,
un barroco de momentos.

Como cada vez que llegaba de visita, habían preparado una habitación para ella; esta vez Margarita también
había empleado a una muchacha para que cuidara de la
tía, alguien que le ayudara en todo lo posible para que ella
hiciera el menor esfuerzo. Entre sus ocupaciones estaba
prepararle de comida una especie de papilla para que no
le fuera dificultoso masticar. Edith había llevado algunos
de sus materiales de pintura para distraerse del dolor y el
tratamiento. Luego de años sin esculpir había regresado a
ese primer despertar de su vida artística; era fácil levantar
el pincel, llenar de colores el lienzo, hacer pequeños regalos para los amigos y para los doctores que gustosos y con
orgullo adornarían sus casas con cuadros de Edith Gron.
No podía hacer más por ellos, por los que habían sido

amables aun en las situaciones más adversas. Cómo le habría gustado, por ejemplo, haber conocido al doctor Camacho en otros tiempos, en otras circunstancias, cuando su cuerpo definido por la fuerza del cincel era el de una mujer fibrosa y ágil, tal vez en aquellos años de la Academia de San Carlos en la Ciudad de México, cuando se dejó llevar enloquecida por Antonio al punto de comprometerse en matrimonio. Ahora le quedaba su intelecto, su conversación amena, el gusto de ver que la gente con la que lograba romper la barrera de la timidez sonreía sincera de estar en su compañía. Pero eso se acabaría pronto. Cada vez le resultaba más doloroso mantener conversaciones, y poco a poco la vencía la vergüenza de dejarse ver al rostro, por temor a que notaran que su boca se volvía pastosa en el interior. Solo en el hospital perdía ese temor ante el profesionalismo de los médicos. Pero de manera gradual iba rechazando las visitas de periodistas que buscaban entrevistarla o las intenciones de ser homenajeada; de todas formas esas oportunidades se habían ido diluyendo con el tiempo. Nicaragua llevaba casi una década en una guerra cruenta que había arrebatado miles de vidas y había destrozado la economía. Su pobre país herido, ese al que ahora desea regresar con ansias, a su casa en Montoya, esa que albergó a toda su familia ahora disgregada por el mundo o por la muerte. Quiere volver al cuido de Gloria, su mejor amiga más que su cuñada.

Afuera le parece que ha comenzado a soplar el viento, pero solo es un avión que enciende escandaloso sus turbinas y empieza su lento movimiento de reversa al mismo tiempo que el altoparlante de la sala anuncia que el vuelo con destino a Managua tendrá que ser retrasado.

Edith, cuidando su boca, vuelve a suspirar por la nariz, resignada.

4

1931

El traductor pronuncia las palabras con inseguridad. Es notable que no maneja los términos clínicos, y que la tarea original para la que ha sido reclutado por los médicos militares estadounidenses es más simple, tal vez la de acompañarles en diligencias sencillas y traducir cosas básicas de logística con la gente en general, dentro y fuera del hospital. Es un hombre avanzado en edad con una calvicie total desde hace al menos un par de décadas. Balbucea y duda. Sofie no está segura de entender algo, para ella el español aún es un enemigo que no ha logrado dominar del todo y teme que sea peor al ser mal traducido del inglés del médico. Con una mezcla de temor y confianza, desde la cama donde está postrada observa a Vilhelm, con la esperanza de que él comprenderá todo, que pronto él le dirá en danés con absoluta claridad lo que el médico ha dicho que pasa con Edith.

Como una imagen que se repite constantemente a través del filtro del terror, Sofie no puede dejar de proyectar en su cabeza a Edith inconsciente entre las piedras, Vilhelm saliendo con dificultad del vehículo inservible, cayendo de rodillas, incorporándose y volviendo a caer, llegando casi a gatas hasta el cuerpo, seguro de encontrarla muerta como lo pensaron todos por esos segundos que no dejan de repetirse en su memoria. No era posible que alguien en ese estado, con la cara convertida en una masa sanguinolenta e informe, estuviese con vida. Cuando Vilhelm volvió la vista a ellos, que aún no salían del vehículo, su rostro lo decía todo: habían perdido a su hija.

No podían determinar, ninguno de los tres, mucho menos Niels que había sido enviado ileso a casa de un vecino para alejarlo de los horrores del hospital, cuánto tiempo transcurrió desde el momento del accidente hasta aquel en que Vilhelm se incorporó y se alejó con intención de buscar ayuda al parque Las Piedrecitas. Vilhelm tampoco sabría determinar cuánta distancia caminó antes de toparse con un vehículo militar de los Estados Unidos que descendía la cuesta en la que había perdido el control del auto. Los militares se bajaron prestos a la ayuda; al principio, al ver a Vilhelm, rubio y sangrando con las ropas revolcadas, lo confundieron con un compatriota víctima de alguna insólita emboscada sandinista en Managua. El hombre, desesperado a causa del trauma que vivía, les rogaba por ayuda, y casi fuera de sí explicaba la situación en danés.

Al llegar al lugar del accidente los militares corrieron directo al cuerpo de Edith, y con naturaleza y seriedad le tomaron el pulso. La muchacha estaba viva y no había que perder tiempo. Luego de que determinaron que no había fractura del cuello palpándola con suavidad en el área, tomaron a la joven entre sus brazos cuidadosos, fuertes de experiencia y entrenamiento, y la subieron de inmediato a su patrulla. La transportaron a un improvisado hospital militar estadounidense que se había afincado en Managua, al cual eran trasladados los heridos de gravedad que combatían contra el ejército del general Sandino, que ponía una resistencia irrefrenable a la intervención en el interior del país.

Los idiomas se confundían entre el inglés de los doctores, el español y el danés de la familia. Mandaron a buscar rápidamente al intérprete que les auxiliaba en el centro médico para entenderse en toda la dimensión que concernía a lo delicado del asunto. Sofie y Vilhelm presentaban golpes menores y magulladuras. El pecho de Vilhelm empezaba a amoratarse como resultado del impacto contra el volante, pero a pesar de quejarse mucho del dolor había insistido en no ser revisado hasta saber qué ocurría con Edith.

Mientras el médico explicaba la situación posó su mano en señal de fortaleza en el hombro de Vilhelm, y a su vez el intérprete hizo lo mismo en un extraño gesto por traducir la fuerza del tacto. El doctor dijo, luego de explicar el estado de la joven, que debía volver de inmediato a atender a Edith, que los procedimientos se harían bajo su supervisión; dijo que era una fortuna haberla encontrado al poco tiempo de haberse dado el evento y que justamente había ido a parar al hospital con equipamiento que no existía en ningún otro, si es que los demás que existían en Nicaragua podían llamarse hospitales. Casos como estos ya habían sido tratados en otras ocasiones en el extranjero por los especialistas con los que contaban.

Edith había sido sedada para evitar que pudiera volver en sí, lo que hubiera resultado en un evento traumático no solo por el dolor físico sino por el psicológico al descubrirse desfigurada. Habían realizado varias pruebas para detectar posibles daños internos, pero milagrosamente la muchacha no presentaba ninguno en apariencia. Había presencia abundante de sangrado nasal, bucal y hematomas en ambos ojos. Resultado de una fractura de nariz, tenía en cierto porcentaje obstruidas las vías respiratorias, y presentaba fracturas severas en varios segmentos óseos a lo largo del rostro, sobre todo en el seno frontal del lado izquierdo. Había que practicarle cirugía con rapidez para despejar las vías respiratorias, fijar los segmentos rotos y descartar otras lesiones. Era un procedimiento largo. El médico pidió confianza antes de marcharse.

Sofie se incorporó dolorosa.

—*Hvad sagde han, Vilhelm?* —preguntó aterrorizada.

Vilhelm comenzó a contarle todo mientras presionaba con la mano extendida su pecho adolorido, por fin desplomándose en la cama.

5

1955-1956

En marzo de ese año un bachiller del Instituto Eliseo Picado de Matagalpa había llegado a trabajar a la capital como bibliotecario del Instituto Ramírez Goyena, combinando el trabajo con sus estudios universitarios. Era espigado, de estructura delgada que rayaba en lo frágil, cabello ensortijado y sin embargo siempre corto. Sus gruesos espejuelos protegían un par de ojos azul profundo que destilaban sabiduría para los alumnos del colegio. Se llamaba Carlos Fonseca Amador y había sido director de una efímera revista llamada *Segovia* que ninguno de los estudiantes del instituto había visto alguna vez, pero que era suficiente motivo para darle, entre ellos, un aire de respeto y admiración por alguien que era a lo sumo apenas dos años mayor que todos. Desde su llegada, Fonseca había comenzado a formar un especial vínculo con los alumnos que iban a la biblioteca a consultar libros, casi siempre entraba en amenas discusiones con ellos, les hacía recomendaciones, algunas que ni siquiera se encontraban entre los estantes de la biblioteca. Más de una vez se había arriesgado a prestarles ejemplares de su colección personal a los más afines y avispados.

Esta relación entre Fonseca y los alumnos había desencadenado muchas cosas, y su epítome sería el monumento a Andrés Castro que Edith Gron había accedido a realizar sin cobrar sus honorarios. Luego de la emoción entre los alumnos por la disposición de la famosa escultora habían pasado a narrarle todo lo que los vinculaba a la figura del soldado. Edith, curiosa y a la vez con chispas de emoción, escuchaba a los muchachos explicarle cómo el bibliotecario de su colegio, del que nunca llegó a saber el nombre, pero a quien imaginaba como una figura solitaria leyendo hasta tarde a media luz en alguna reducida casa atiborrada de libros de historia y de textos universitarios, les había hablado de la importancia simbólica de la batalla de San Jacinto, en la cual los patriotas de un siglo atrás habían derrotado el incontenible avance de las tropas estadounidenses de William Walker; les hablaba del paralelismo simbólico entre esos hechos y la gesta del general Sandino, desaparecido a balazos por órdenes del actual presidente Somoza. Los muchachos del Ramírez Goyena se habían entusiasmado tanto que las largas pláticas con el bibliotecario habían devenido en realizar una dramatización de la batalla el 14 de septiembre de ese año en la hacienda donde se había librado el combate. Llenos de emoción, y con total respaldo del rector Guillermo Rothschuh, habían subido en camiones y carros particulares hasta llegar al lugar en las afueras de Managua, atravesando Tipitapa y dejando atrás el empalme de San Benito para librar una batalla ficticia. Al contrario de lo que narraba la historia, la recreación de los alumnos había sido dispar, desfavoreciendo en número a los filibusteros de Walker, ya que ninguno de los alumnos quería interpretar el papel de los invasores. El conflicto había sido resuelto por Fonseca que, con voz de autoridad de director del pequeño drama, había decidido que todos los alumnos rubios o de piel clara encarnarían a los invasores. Los muchachos aceptaron resignados y más de alguno puso rojo de furia a Fonseca haciéndole notar que, ya que él era el mayor y el único de ojos claros, cabía perfecto en el papel de William Walker.

El día de la falsa batalla fue soleado en la planicie de la hacienda. La obra fue interpretada con total éxito e intensidad de drama. Semanas después, los alumnos, desilusionados de que su actividad no hubiera tenido eco en los medios, se habrían de decir que todo había sido un esfuerzo inútil. Si era difícil que la gente tuviera idea de la magnitud de esa batalla, de lo que representaba ese símbolo, entonces de qué servía una recreación, hecha por unos muchachitos, que ni siquiera había llegado a los periódicos. Fue allí que nació la idea del monumento. Y Edith Gron siempre fue la primera opción.

La escultora preguntó extrañada por qué la estatua no sería a Estrada si él había sido el artífice de la batalla; los muchachos, seguramente guiados por las interpretaciones históricas de su bibliotecario, dijeron que había muchas cosas que no les calzaban en el parte de guerra de José Dolores Estrada, sobre todo la minuciosidad de detalles y recuentos con que había firmado el documento apenas horas después de que la batalla hubiese concluido. Pero un párrafo destacaba: las líneas en las que hablaba de un soldado, Andrés Castro, que viéndose sin municiones tomó una piedra y dio muerte a un filibustero estadounidense propiamente armado. Eso para ellos representaba lo que había sido la historia de Nicaragua: David venciendo a Goliat, un hombre más obrero que soldado derrotando al gigante enemigo. No les interesaba hacer un monumento al general condecorado, sino al más humilde de los soldados que había luchado en la batalla, alguien como ellos mismos, como cualquiera en la calle. No sería una estatua a la batalla de San Jacinto, sería una estatua al valor del débil.

Edith, conmovida, les dijo que procedieran con la colecta del dinero. No podía darles el precio exacto, había que discutir mucho sobre materiales y dimensiones, pero era mejor ponerse manos a la obra.

—¿Tienen algún retrato del soldado? —preguntó la escultora.

—No existe.

—Entonces tenemos el primer problema —dijo Edith—. Necesitamos encontrar un modelo.

6

En la sala de abordaje varias personas se ponen de pie, toman sus maletas y abandonan el lugar luego del aviso de retraso del vuelo. Irán a estirar las piernas, piensa Edith; ella también haría lo mismo. Ve sus rostros, hombres y mujeres de todas las edades, muchos de ellos cargando niños ruidosos. Ellos serán sus compañeros de vuelo, en ellos reconoce, viéndolos uno por uno al rostro, escudriñándolos como ha escudriñado a las personas toda su vida, las facciones mestizas, fuertes y hermosas de los nicaragüenses, de sus compatriotas. Esas facciones que ella nunca tuvo, lo único que alguna vez la hizo sentirse ajena porque le era señalado constantemente por la gente. Ahora abandonan la sala y van a entretenerse en las tiendas libres de impuesto, las mismas que de seguro ya han visitado antes. Puede que sus maletas estén cargadas con cosas imposibles de conseguir en Nicaragua a causa del bloqueo estadounidense. Aparte del color de su piel, ¿qué los diferenciaba como nicaragüenses? Edith los ve alejarse. ¿Cuántas de esas personas que ahora abandonan la sala conocerán sus esculturas? Los monumentos a sus héroes. ¿Cuántos de esos niños sin saberlo habrán pasado frente a la monumental y desafiante efigie del cacique Diriangén que salvaguarda la entrada al parque Las Piedrecitas? ¿Alguno de esos jóvenes hombres habrá pasado cada mañana durante sus años de estudiante ante su busto de Rubén Darío en el patio central de la Universidad Nacional en León? ¿Sabrán acaso que esa señora rubia, avejentada y a medio dormirse, que se ha quedado sola mientras ellos se pierden entre las tiendas imposibles en Nicaragua, ha escrito en piedra la historia de su país?

Edith siempre ha sido de una vanidad modesta, una vanidad personal, inofensiva, esa que no se nota en el exterior. Le gusta su obra, la atención que generó. Se ha pasado su vida artística creando un álbum secreto y personal con recortes de cada nota que ha aparecido en los diarios sobre ella, las invitaciones a sus exposiciones, la develación de sus bustos de Darío, la magnífica cabeza de Victor Hugo para la biblioteca francesa. Cada nota ha sido tiernamente recortada por ella y colocada en ese álbum artesanal también fabricado con sus manos. Un libro enorme, un ejemplar único del cual Edith sabe que hace mucho escribió la página final. No recuerda cuándo fue la última vez que la reconocieron en la calle, pero sabe que ahora es casi imposible; su cara es otra, el tiempo y la enfermedad la han convertido en una mujer distinta, los horrores del insomnio, sus labios que se han desfigurado, su piel que ha comenzado a devolverle el reflejo de una anciana aún mayor que sus años.

Ahora que se ha quedado sola en la sala, sin nadie a quién mirar ni con quién entretenerse robando gestos o posturas, se desilusiona un poco. Aún hoy, con la escultura ya atrás de ella, continúa moldeando en su cabeza, el único lugar que conserva intacto, sin contaminación. Allí sin mayores esfuerzos toma sus herramientas y vuelve a ser joven. Estos días ha extrañado una pequeña libreta que dejó olvidada en su casa de Montoya en Managua; en ella dibuja bocetos de esculturas que nunca hará. Piensa en esa maldición del artista: la vida finita. Es injusto que un artista tenga que morir llevándose a la tumba tantas obras que no verán la luz. Ahora piensa en un nuevo proyecto: le hubiera encantado proponerle al gobierno una escultura para el aeropuerto de Managua, ese pequeño edificio de diminutos ladrillos marrones que estará pisando en unas horas, ese espacio lúgubre que ha sido el escenario de los quebrantos de tantas despedidas a causa de la guerra, en el caso de los más afortunados. Los otros han tenido que ir clandestinos a Costa Rica o migrar al norte escapando del fuego. Sí, una escultura para Managua que recordara la separación y los reencuentros. Pero sería imposible, no solamente porque no se lo permitirían, sino porque ya sus proyectos solo se quedan en esa libreta que ha olvidado sobre su cama al otro lado del río San Juan. Hoy el aceite y el azúcar que lleva en la maleta, tan difíciles de encontrar en Nicaragua, valen más que sus ideas.

Gloria y Niels estarán contentos de verla, la esperarán en el aeropuerto, le dirán que era innecesario que viniera cargando esas cosas en la maleta, que Niels puede conseguir todo en la tienda diplomática, que su título de cónsul *ad honorem* de Dinamarca les ha servido para valerse de mucho, para preservar sus propiedades de las confiscaciones desmedidas del gobierno, para conservar El Espadillo con todos los recuerdos de daneses muertos que rondan por esa finca a plena luz del día y a media noche. Pero a ella no le importará, quiere sentirse útil, odia ser una carga porque dedicó su vida a no serlo para nadie. Dedicó su vida a su independencia, siempre fue impredecible.

Un padre y su hijo regresan a la sala, se sientan frente a ella. El padre sorbe un helado, una bola verde de pistacho que chorrea por los bordes; el niño tiene aún la boca sucia del helado que claramente él ya ha terminado. El padre da dos lamidas más y luego pasa el cono a su hijo. Su rostro se ilumina. Edith cierra los ojos ante la imagen. Solo quiere estar en casa.

7

1931

Antes del desconcierto y el miedo Edith abre los ojos ante una brillantez insoportable, una luz blanca que hiere sus pupilas. Lucha contra la luminosidad pero, por unos largos minutos, el reflejo de sus párpados les niega abrirse. Intenta decir algo y descubre que no tiene control sobre sus labios, un adormecimiento poderoso, como un enjambre de hormigas, le llena la quijada y la lengua. Hay confusión, nunca antes ha despertado de esta forma, ¿qué ocurre? A intervalos vuelve al sueño y despierta, como si lentamente tomara bocanadas de aire y volviese a sumergir su cabeza en aguas profundas. Cada vez que regresa sus párpados responden con mayor control, empieza a ver figuras, columbra sombras estáticas y otras que se mueven a su alrededor. Una de las sombras se acerca demasiado, ¿acaso la toca? ¿Es el tacto de una mano lo que ha sentido en su rostro? Sus párpados son jalados hacia arriba, la sombra se hace más intensa pero continúa borrosa, apunta a sus ojos una luz amarilla que vuelve a herirla y hace desaparecer todo lo que veía. Escucha una voz, lejana, como la última campanada de un eco, no distingue lo que dice, es otro idioma, no es español, no es danés. Vuelve a la oscuridad. La despierta de nuevo la misma voz que ordena algo con autoridad, se vuelve a ella.

—*Edith, hello! Can you hear me?* ¿Hola, Edith?

Otra sombra se acerca apresurada y se inclina sobre su rostro.

—Edith, ¿podés escuchar? —dice la mancha borrosa.

Empieza a distinguir rostros. Un hombre rubio, excesivamente blanco.

—*Edith, you are in a hospital, you had an accident* —dijo la mancha blanca.

—Estás en el hospital, tuviste un accidente —replica la otra voz, un señor, casi viejo, calvo, de tono chillón.

—*Nod your head if you can understand what I'm saying, I'm a doctor.*

—Contestá con la cabeza si podés entender, soy doctor.

Edith, confusa, asiente debilitada y vuelve al abismo.

Al despertar de nuevo, luego de un espeso sueño de horas, la asusta el techo desconocido, no entiende mucho, baja la vista y ve a sus padres dormidos en sillas, intenta llamarlos pero le es imposible abrir la boca, ya no siente el hormigueo, el poderoso entumecimiento de la primera vez, pero su boca está sellada. Eleva un brazo queriendo extenderlo hasta el otro extremo de la habitación y alcanzar a sus padres. Es allí cuando toma conciencia del dolor, su cuerpo es una masa palpitante, su cara arde, uno de sus ojos no responde, parece muerto.

Vilhelm, en duermevela, advierte la mano extendida de su hija, sacude a Sofie y la saca del sueño.

—¡Edith!, ¡Edith! —llama desesperado mientras llega hasta su mano y la toma entre las suyas.

—…

—No hablés amor, no hablés.

Sofie la ve fija, con lágrimas, su rostro está vendado casi por completo, su ojo izquierdo es un bulto de parches debajo de cuya primera capa puede observarse un asomo de sangre, la nariz es sostenida por una especie de molde plástico, ajustado con abundante adhesivo, y su mandíbula está sellada por alambres que saltan a la vista. Su cabello, su larga trenza de fuego ha sido cortada de raíz, Sofie le ha preguntado al doctor si puede conservarla y el médico se la ha entregado gustoso. Sin importar su aspecto pueden reconocer a su hija en ese único ojo esmeralda que les observa, pueden reconocer su miedo, reconocer su desesperación, el dolor de su rostro, de sus extremidades mallugadas.

—Amorcito, estás en el hospital. No podés hacer mucha fuerza al hablar. ¿Te acordás del accidente? Tuvimos un accidente.

Edith no recuerda nada, hace memoria, un esfuerzo brutal; en medio del pánico recuerda la serpiente emplumada, la laguna, nada más. Niega con la cabeza.

—Veníamos de Las Piedrecitas, ¿te acordás? —Edith asiente.

—Chocamos contra un árbol cuando veníamos de regreso.

Ellos están bien, salvos, a su lado. La muchacha tiembla con espanto, con delicadeza sus padres intentan calmarla, acarician sus brazos pero nada la controla, un susurro sale de su boca, una sílaba casi inaudible mientras la laguna de su solitario ojo se rebalsa de espanto.

—¿Niels? —arrastra la pregunta desde el fondo de la garganta maltrecha.

Le explican, la tranquilizan, Niels está bien, no había sufrido ni un rasguño. Lo estaban cuidando en casa y preguntaba por ella cada hora, estará muy contento cuando le digan que ha despertado, que ha preguntado por él, le darán todos los cariños de su parte.

El cuerpo de Edith se relaja, se deja hundir libremente en el delgado colchón del camastro, no entiende las cosas, es una mezcla de emociones que pasan del cansancio más demoledor al terror absoluto. Se sacude de nuevo.

—¿Mi ojo?, ¿perdí el ojo? —murmura pastosa y espantada, sin poder despegar los labios a causa de las suturas metálicas que inmovilizan sus mandíbulas.

Entonces Vilhelm, con la vista clavada en ella, con las manos acariciando leve sus brazos, y la presencia tranquilizadora de su madre, empieza a narrarle lo que le han dicho los médicos. Está fuera de todo peligro; muchos médicos están sorprendidos con el hecho de que haya sobrevivido a ese impacto directo en el rostro. La cirugía fue una batalla larga que los doctores habían ganado, estaban felices, dicen que sin duda Edith es una muchacha hermosa e hicieron todo lo posible por mantenerla de esa forma. Lo más importante había sido que durante el procedimiento no se encontró ningún tipo de daño interno, los huesos del rostro, aunque numerosamente fracturados, habían protegido todo el interior, se había partido la nariz gravemente y era normal que le costara respirar, tenía que hacerlo con cuidado; se sabe que son momentos de desesperación, pero desesperar solo contribuirá a su falta de aire… La nariz había sido ajustada, pero solo luego de que la inflamación cediera se podría determinar si los conductos nasales quedarían sin ninguna complicación para las vías respiratorias. Había sufrido una grave luxación mandibular que había logrado ser controlada pero era peligroso hacer cualquier movimiento brusco, y la parte más complicada había sido una fractura de piso orbitario en el ojo izquierdo; fue el momento más riesgoso de la cirugía, tomando en cuenta que su párpado superior se había desprendido en gran medida.

Vilhelm decía palabras que ni él mismo estaba seguro de entender, repeticiones de lo que el médico militar y el traductor le habían dicho, se perdía en desolación al sentir temblar el frío cuerpo de Edith. Si ni él mismo sabía muy bien de lo que hablaba, temía lo que pudiera entender su hija allí postrada y confundida. Sofie sentía que si el accidente le había roto los huesos, las palabras de su padre ahora le rompían el espíritu, ese espíritu fuerte heredado de la familia.

Los pronósticos eran inciertos pero los médicos eran optimistas. Sin duda su rostro quedaría marcado de por vida, solamente era cuestión de esperar el cómo. Se hablaba de meses de convalecencia, pero Edith no tenía por qué saberlo aún, tenía mucho que procesar, mucho que asumir.

Edith pasó el resto de ese día intentando recordar el accidente, pero todo era un agujero negro del que no podía rescatar la más pequeña hilacha de luz, ni siquiera recordaba haber subido al carro. Los doctores iban y venían, hablaban en ese inglés tan desconocido; tenía la impresión de que hablaban sobre ella, sobre su condición, ¿cómo se decía *ojo* en inglés? Quería saber si era capaz de pescar esa palabra entre sus conversaciones. Escuchaba los quejidos de los otros pacientes, quejidos en inglés, de soldados heridos en las montañas del país, sus nuevos vecinos. De vez en cuando llevaba sus dedos a la cara y sentía el bulto de vendas donde debía estar su ojo izquierdo. Era demasiado temerosa para tocar su boca, temerosa de tocar uno de los alambres y que se desprendieran todos, que se cayera su mandíbula.

Por la noche despertó varias veces, el dolor, los calambres, el entumecimiento o los lamentos de los soldados la hacían volver una y otra vez de sueños intranquilos. ¿Por qué le había pasado esto? Este era su destino ahora. Siempre había sentido que pertenecía a este país, aunque de niña a menudo pensaba que lejos de allí, al otro lado del océano, en Copenhague, había otra Edith, la Edith que se quedó; era una fantasía que la divertía. A menudo se preguntaba quién era esa niña, qué le gustaba hacer, si podrían ser amigas, o si quizá la Edith que pudo ser era completamente distinta, engreída y mal educada… ¿Acaso esa Edith podría estar ahora con el rostro desfigurado en una cama de hospital?

—Far, far —llamó susurrando a Vilhelm que dormía sentado junto a ella.

—¿Sí, mi amor? ¿Te pasa algo? —contesta despertando confuso y a la vez alarmado por el llamado de la hija.

—¿Por qué nos fuimos de Dinamarca? —Hacía mucho que no pensaba en la otra Edith, y por primera vez envidió su suerte.

8

Edith conservaba desde hacía un par de años un inmenso bloque en bruto de piedra bolón en El Espadillo, la finca familiar que su padre había comprado décadas antes a tan solo ocho kilómetros de Nagarote, frente al lago Xolotlán. Era un bloque inmenso que Edith observaba fijamente en sus visitas a la finca, intentando averiguar qué figura se escondía en su interior. Sus manos, llenas de callosidades, acariciaban la superficie áspera del inmenso bloque, intentando descubrir el lenguaje secreto, el dictado de cada una de sus aristas, de su contorno. Ahora había mandado a buscar por él, y lo habían llevado a su estudio en el barrio Montoya, convencida de que esa piedra poseía la dureza necesaria de un soldado. Poniendo ella la piedra y no cobrando por sus servicios, la colecta de los estudiantes tendría que ser menor.

Después del colegio los muchachos se desplegaban por las calles de Managua con improvisadas alcancías de lata; el punto estratégico había sido el tope sin salida cerca de la escuela y el cine Darío, donde la afluencia de vehículos y de personas era numerosa. Ahí, todos los días, bajo sol y sombra, el entusiasmo de los alumnos se mantuvo firme. Muchas personas no sabían de qué les hablaban los muchachos; en media oración, deteniendo a los conductores, intentaban sintetizar la causa: la estatua,

Edith Gron, la batalla, Andrés Castro, centenario. La mayoría daba unas monedas con sonrisa amable sin saber realmente a lo que contribuían.

La tarde que Edith los citó para que vieran el inmenso bloque de piedra que ya estaba instalado en su taller, los muchachos llegaron puntuales a la hora prevista por la escultora; les asombró ver esa masa sólida de roca, la emoción los llenó.

—¿Cuánto dinero más tendremos que recoger? —preguntó uno de los alumnos mientras daba golpecitos probando la dureza de la piedra—. Llevamos ya poco más de tres meses recogiendo.

—Ya se los dije, muchachos —contesta Edith—, ustedes vienen cada semana a decirme cuánto tienen y yo les digo cuándo parar.

Y así cada viernes, a la salida de la escuela, la delegación que ya había sido nombrada por el rector Rothschuh como Comité de Monumento salía del colegio hacia Montoya a dar cuenta de las finanzas a la escultora, pero más importante, a tener largas conversaciones con ella sobre el aspecto del soldado, del que no tenían la menor idea. ¿Cómo era un soldado hacía cien años? Habían visto los retratos pintados del general Estrada, hombre grande en la historia, temple fuerte, no podían hacer más que pensar en un hombre de pecho ancho para que pudieran caber las medallas. ¿Pero quién era Castro? ¿Tenía un uniforme acaso? No, eso era lo que les parecía atractivo, debió haber sido un obrero común, como cualquier trabajador de Nicaragua, y probablemente vestía de civil. ¿Qué tipo de camisa había que ponerle? ¿En qué posición colocarlo? ¿Era un monumento de qué momento de su vida? Todos, incluida la escultora, votaron unánime que la escultura tenía que representar un momento de la batalla, el momento en que él arroja o descubre la piedra, que simboliza lo que ellos quieren plasmar. ¿Era zurdo? Todos lo descartaron por probabilidades. Tenía que ser fornido, o al menos un hombre fibroso, matar a alguien de una pedrada en el acto es un ejemplo de fuerza física. Si estaba en batalla, ¿su camisa estaba rota? Largas tardes en el taller de Edith los jóvenes estudiantes llevaban nuevas ideas, algunas de ellas trasladadas directamente desde el bibliotecario Fonseca para que la artista entendiera el espíritu de la obra. Tomó casi el mismo que la colecta, menos de seis meses, para que entre todos consensuaran el aspecto de Castro y lo aprobaran en un boceto a mano alzada de Edith.

Durante los meses que duró la recaudación, ya seguros de alcanzar el monto necesario, solo hubo una preocupación en la mente de los alumnos: el modelo. Desde que Edith les presentara aquel bosquejo a carboncillo, en un papel fibroso de 11 × 17, aquella figura dibujada con sencillos trazos y apenas unas sombras, esa figura sin rostro, en la postura acordada, las líneas apenas subrayando sus contornos definidos y fuertes, los estudiantes no habían podido sacar de su cabeza la idea de quién podía tener las facciones necesarias para posar. ¿Quién tendría la estatura, los músculos, los brazos largos y portentosos, ese rostro del que habían hablado con Edith, el rostro mestizo pero con los rasgos indios predominando en la sangre? Cada semana les parecía ver a alguien que era idóneo, cada semana en sus reuniones con Edith para darle reporte de las finanzas le llenaban la cabeza a la escultora con hombres que ella reconstruía en la mente. Edith les dijo que ella también buscaría un modelo por sus medios.

A algunos de los encargados del Comité de Monumento les gustaba pensar que Edith se había convertido en una amiga. Las reuniones de la delegación cada vez se volvían más informales, visitar a la escultora era como ir a casa de una compañera de colegio. Edith, con su cabello corto y su ropa siempre sucia de materiales de trabajo, se convertía en uno de ellos, se confundía rodeada en su taller por aquellos jóvenes tan vivos. Se escuchaban risas, disparatadas ideas recorrían el taller por donde correteaban Margarita y Esperanza, las sobrinas de Edith; ya los estudiantes se habían familiarizado con las niñas a quienes de vez en cuando regalaban un par de minutos de juego. Que para ellos semejaban criaturas de otro mundo, tan rubias y blancas que la piel y los cabellos parecían uno solo. Ya eran indiferentes a sus risas y travesuras aunque ocurrieran en medio de la reunión, que se llenaba del olor a la comida de la casa contigua al taller; a veces, si era mediodía y el olor invadía despiadado el lugar, Edith invitaba a comer a los muchachos y seguían hablando de sus proyectos entre bocado y bocado.

Un viernes, sin más aviso, luego de revisar las finanzas, Edith les dijo que podían dar por terminada la colecta, que el dinero era suficiente. La alegría en el instituto llenó los pabellones al lunes siguiente. Los jóvenes invadieron la biblioteca para celebrar el logro con Carlos Fonseca, quien los felicitó, los abrazó contento, con ternura, seguro de que la acción del colegio quedaría como ejemplo para las generaciones que los siguieran. Era de pocas risas. Cuando los muchachos abandonaron la biblioteca él volvió a sumirse en sus libros, como si de alguna forma buscara un método de bienestar en ellos, y algunos de los estudiantes de seguro pensaban que así era.

Esa misma semana, tal vez por un instante revelador o por la impaciencia de que la escultura se comenzara a labrar lo antes posible, todos los encargados del comité quedaron sorprendidos con la respuesta que siempre había estado ante sus narices. Frente al colegio, dos veces por semana, un fornido hombre moreno empujaba un carretón en el que recolectaba la basura del barrio. La tarde que lo descubrieron lo vieron glorioso, brillando bajo el sol con una película de sudor cubriendo aquel pétreo torso desnudo, aquel rostro de trabajo y de furia. Lo habían encontrado.

Esa misma tarde se apresuraron al taller; todo calzaba, los meses de esfuerzo por parte del comité terminarían con el primer golpe de cincel de la escultora, todo estaba en su lugar. Impacientes, esperaron a Edith. Al no encontrarla en casa, Sosita, ya familiarizado con los muchachos, los había hecho pasar al taller. Se habían ganado el cariño del hombre a quien solían hacerle bromas sobre si él podría modelar para ser el fornido soldado; todos reían amistosos y Sosa contestaba que no tenía interés en ello, que la niña Edith ya lo había esculpido, y les había mostrado entonces, en efecto, una magnífica cabeza y torso, en la que Sosa miraba hacia el horizonte con las manos cruzándole el pecho.

—Tenemos al modelo —dijeron casi a coro al momento en que Edith puso un pie en el taller.

Edith se quedó muda, examinando las palabras que iba a pronunciar como quien examina un pez que ha mordido el anzuelo antes de decidir conservarlo o devolverlo al agua. Vio, uno por uno, esos rostros que ahora eran tan familiares, la sombra de sus bozos que los convertiría en unos años en apuestos hombres, listos y llenos de historia.

—Yo también —contestó.

—…

Según les dijo, tenía a la persona ideal para el modelo. Ellos le hablaron del recogedor de basura, le dibujaron con palabras cada centímetro de la apariencia del hombre. Pero no había vuelta atrás. Edith sabía lo que era mejor y estaba ansiosa por ponerse a trabajar. Preguntaron quién era el hombre y Edith le restó importancia a la identidad, les aseguró que la escultura estaría lista y sería todo lo que se podían imaginar, por eso la habían buscado… y así era, meses atrás habían soñado con una escultura de Edith Gron y ahora la tendrían. Los alumnos, un poco molestos, no pudieron más que confiar en ella.

—Les tengo que pedir un favor —la seriedad en el tono de la mujer pesaba y se enredaba en el humo de su cigarrillo—. Cuando trabajo, necesito concentración para mi proceso. No me gusta que vean una obra mía antes de terminarla. —Eso explicaba para ellos las figuras cubiertas con sábanas que les asemejaban fantasmas de tiras cómicas cada vez que llegaban de visita—. Cuando el trabajo esté hecho, yo los llamo.

Salieron cabizbajos del taller, con la sensación de ir cargando en sus espaldas el peso del bloque de piedra bolón del que sería liberado su soldado. Se despidieron de Edith y Sosa los acompañó hasta la puerta. Al cruzar la calle, como casi siempre, en las aceras había un par de parejas entrelazadas y risas de niños. Los alumnos emprendieron marcha hacia sus casas separando sus caminos. Algo en la cabeza de cada uno les decía que esas palabras de Edith los distanciarían de ella por algún tiempo, como si con el primer golpe de cincel se detuviera su amistad y ella retornara a aquella imagen de la artista misteriosa y huraña que poblaba sus mentes la primera vez que tocaron su puerta.

9

1989

Al abrir los ojos, confusa, no pudo determinar si había dormido tan solo uno o diez minutos. La sala estaba desierta, el padre y el niño habían desaparecido junto con el helado de pistacho que el pequeño relamía gustoso. ¿Habrían sido parte de un sueño? Podría ser. Algo en el hombre, de mediana edad, tez clara, ojos profundos y apuestos, le hacía recordar a Gustavo Raskosky. Tal vez había sido un sueño, tal vez había soñado con Gustavo, tal vez ahora podía ver fantasmas frente a ella, y el antiguo ministro del Distrito Nacional se le había presentado tal y como era la primera vez que lo vio hacía treinta años, cuando había convocado al concurso escultórico para la Plaza del Progreso en Managua, frente al Palacio de Telecomunicaciones. Sí, ahora recordaba.

Muchas habían sido las tardes que pasó por esa calle, del brazo de Bill camino al malecón, años antes de que la plaza y el palacio fueran construidos, cuando era una estudiante llena de vigor en la recién inaugurada Escuela Nacional de Bellas Artes. Solía ir a ver los atardeceres a la costa del lago, observar las garzas entre beso y beso del novio boxeador, preocupada antes de cada pelea de Bill, como si se despidiera para siempre de él antes de subir al ring. Nunca fue a verlo pelear, no tenía el estómago. Ella cuidaba de sus heridas con ternura los días siguientes y se lamentaba por no haberlo visto ganar, prometiéndose ver la siguiente pelea.

El Palacio de Telecomunicaciones empezó a construirse a mediados de los años cuarenta, mientras Edith, solitaria en sus paseos luego de los embustes tormentosos de Bill, caminaba por las tardes, leía a Rubén Darío en las bancas del parque central, aprendía que los atardeceres de Managua eran como nenúfares de Monet solo para ella, y cada día veía avanzar la construcción del edificio, ladrillo por ladrillo, frente a las brisas del lago. Ya familiarizada con el rótulo «Dambach & Gatier. Diseño y construcción», ella, con sus estudios de bellas artes, iba admirando aquel edificio mientras cobraba vida y se convertía en un monumento *art déco* frente a sus ojos.

Luego vino su premio nacional y su viaje a México. Cuando se fue del país la Plaza del Progreso era apenas un rudo embaldosado sobre el que las personas caminaban para ingresar al edificio de correos.

Más de una década después apareció el ministro Raskosky, cuando Edith era ya la escultora nacional, reconocida y agasajada por las revistas y los diarios del país, luego de México, de Nueva York; luego, sobre todo, por sus exposiciones y encargos del gobierno; luego por aquella magnífica estatua de Andrés Castro en la entrada de la hacienda San Jacinto hecha por ella para conmemorar el centenario de la batalla. El ministro había convocado a un concurso nacional para levantar un monumento que realzara la plaza, un monumento que fuese alusivo al progreso del Hombre, según sus palabras. Ahora Edith recordaba haber visto la convocatoria en el periódico junto a la fotografía del apuesto ministro, ese cuyo fantasma jura haber visto hace unos segundos frente a ella en la sala de espera de la puerta número dos del aeropuerto Juan Santamaría, sorbiendo un helado de pistacho junto a un niño del que ya no podía recordar el rostro. Un fantasma treinta años más joven, como en la foto del diario *Novedades*.

Al concurso se presentaron una docena de borradores, algunos moldeados en escayola, otros tallados en madera, y dos bocetos dibujados en distintos pliegos de papeles que mostraban todos los ángulos y dimensiones de la posible escultura. El Comité pro Monumento de Managua, conformado por damas rotarias y por conservadores señores que validaban sus conocimientos de arte con base en su turismo monumental en Europa, decidieron que ninguno de los modelos presentados a concurso tenía la suficiente calidad para llevarse a cabo, pues eran burdos muñecos, toscos y sin alma, y no aludían al progreso de la humanidad que querían representar.

Se le comunicó vía telefónica a Edith que el ministro Raskosky quería reunirse con ella y que si había disponibilidad por parte de la artista se enviaría un auto a recogerla a su taller para llevarla a la oficina en el Palacio Nacional. Esa misma tarde Edith suspendió sus ocupaciones, se desprendió de sus ropas llenas de polvillo y de la mascarilla que la protegía de empeorar su crónica sinusitis. Se enfundó en un vestido claro de mangas cortas para la reunión. Sabía que era algo de trabajo, no podía haber otro motivo para que el ministro le citase.

Gustavo Raskosky tenía una mano cálida y un suave tono en la voz, un tono casi femenino que no iba acorde con su figura varonil y sus pómulos sobresalientes, al menos eso recordaría Edith treinta años después del encuentro. Su oficina estaba decorada con reproducciones de cuadros de famosos pintores finamente enmarcados, un escritorio plano de caoba y a sus espaldas un mapa de

Managua con los más mínimos detalles especificados por distritos.

El asunto fue sencillo. Le preguntó si estaba al tanto del concurso para un monumento en la Plaza del Progreso frente al Palacio de Telecomunicaciones. Pues bien. Según el Comité pro Monumento de Managua ninguno de los trabajos presentados mostraba la calidad suficiente y querían ofrecerle, sin más rodeos, el trabajo a ella. Se le brindarían todos los materiales que necesitase y estaban seguros de que sabría dar con lo que ellos estaban buscando. Era un honor para él poder verla en persona y hacerle esta petición, y claro, sería una alegría poder contar con un *sí* de su parte. Sus honorarios no eran problema, solo había que cumplir con el plazo establecido para la inauguración de la escultura y necesitaban ver un pequeño boceto para su aprobación. El ministro Raskosky atravesó a Edith con sus ojos expectantes. Ella dijo que sería un gusto.

Luego de esa reunión Edith trabajó directamente con los miembros del Comité pro Monumento. Solo volvió a ver un par de veces a Gustavo Raskosky. La primera, el día de la inauguración de la escultura, meses después de su encuentro, cuando él dio unas palabras y alabó la obra de Edith Gron, y alguna vez más, años después, cuando ya había dejado el cargo, en algún coctel que había olvidado.

Los miembros del comité se escandalizaron desde el principio cuando Edith, unas semanas después de aceptar la tarea, les presentó un modelo de treinta centímetros en el que un hombre abatido y fatigado entrega el fuego de una antorcha a otro hombre vigoroso que la pone en alto y corre con la vista hacia el futuro; ambos estaban completamente desnudos, en la más pura expresión de su humanidad. Los señores y las damas dijeron a Edith que solo permitirían erigir el monumento si se les cubrían las partes íntimas. El brazo de Edith fue torcido y la escultura se inauguró en 1959 con apenas un paño cubriendo los penes. Un paño que, en el tallado sublime de la escultora, parecía ser levantado por el viento sugiriendo sus virtudes. La plaza quedaba vestida con la monumental escultura, la llama del progreso pasada de generación en generación, el conocimiento, la sabiduría del antiguo turnada incandescente al vigoroso.

Años después muchos creerían descifrar una lectura oculta en la obra, e interpretarían en las dos figuras a Nery Fajardo pasando la llama a Enmanuel Mongalo para dar fuego a la casa donde se acuartelaban los filibusteros de William Walker en la batalla de Rivas del 29 de junio de 1855. Creían ver en la escultura de *El relevo* el momento en que el joven profesor de geografía e historia tomaba glorioso la antorcha hacia la inmortalidad, según los textos que ya Mongalo, muerto a los treinta y ocho años, no llegó a escribir. Para Edith siempre había sido *El relevo*, así llamó a la obra, nada le parecía más alejado de la figura de un profesor de geografía que ese atleta desnudo que cargaba la antorcha. Ahora que lo pensaba, viéndose en ese aeropuerto, no sería entonces más justo decir que el monumento también era una representación de Juan Santamaría, quien un año después, en 1856, murió repitiendo la misma hazaña luego de tomar el fuego de compañeros muertos. Sí, ella había visto la hermosa escultura de Aristide Croisy en Alajuela, el soldado cargando la antorcha para dar fuego al Mesón de Guerra. De pronto se sintió rodeada de bélicos pirómanos.

Cada vez que Edith iba a realizar alguna gestión al Palacio de Telecomunicaciones se quedaba un rato viendo su escultura, se sentía llena de vida, como el hombre que corre al futuro con la llama encendida. Ahora ella era la otra figura. Piensa que en una sola vida estamos invitados a representar los papeles de aquellos dos hombres, ahora es ella quien cae abatida de rodillas con todo el vigor del fuego a sus espaldas y extiende la mano para que alguien más continúe la marcha. Como un padre que pasa su helado de pistacho al hijo para que crezca feliz y siga abriendo la senda que nosotros ya no pisaremos. Ahora envidia a las palomas que se posan, como docenas de veces lo ha visto, en la punta de la antorcha y hacen nido en los hombros del atlante, luego vuelan hacia el lago, como ella quisiera volar ahora hacia Managua y ver a su hermano.

Espera un segundo anuncio del altoparlante que parece no llegar nunca.

10

Por las noches el hospital padecía de una calma absoluta, como un animal grande que ha sido herido y tras horas de sufrimiento sucumbe al sueño y al cansancio. Para Edith, sin embargo, solía ser al revés, era como si por las noches el hospital se llenara de confusas visiones en medio de las tinieblas, su cerebro alterado aceleraba su trabajo y el sueño parecía un duende cruel que se negaba a visitarla. Dormía por tramos inquietos de diez minutos en los que era asediada por pesadillas, entonces volvía a despertar, el ojo abierto en la nada, emparejado con el ojo condenado por los médicos. Llegó a odiar las noches, eran un maratón de horas interminables en que no podía ni siquiera distraerse con las conversaciones ajenas que pescaba a veces en la sala donde había sido trasladada. Su inmovilidad se tornaba entonces más tediosa, moría de ganas por ponerse de costado o dormir bocabajo como siempre lo había hecho. Ansiaba la luz del día, las primeras hilachas de sol colándose por las rendijas, escalando las paredes hasta llenar todo, para revelarle las cosas que hasta entonces habían permanecido atrincheradas en las sombras.

El ataque de desesperación de la noche anterior había sido sofocado por su padre, quien la había tomado de la mano con fuerza, había acariciado su frente y logrado que el llanto que parecía avecinarse desde el fondo de Edith no saliera. Se había dormido de vuelta y Vilhelm también había sido abatido por el cansancio y el sueño rezagado de noches seguidas. Al despertar aún sostenía la mano de la hija. Al intentar soltarle con cautela, Edith de inmediato abrió su ojo con miedo, como quien se desprende de la mano amiga que se ase de uno en medio de un turbulento naufragio.

—Far, ¿a dónde vas? No me dejés sola.

—No, mi niña, voy un segundo al baño, hoy por la tarde viene mor a quedarse con vos, nadie te va a dejar sola.

—Far, ¿por qué nos fuimos de Dinamarca? Esto no me hubiera pasado allá.

—Nadie puede saber eso, Edith, hay voluntades divinas que velan por nosotros. Vas a estar bien. Estamos completos, la familia de siempre.

—Quisiera estar en Copenhague.

—¿Recordás Copenhague? —pregunta extrañado.

—La verdad, no mucho, far; pocas cosas. Me acuerdo del barco. —Edith parece buscar muy dentro de ella algunas imágenes borrosas del viaje a América desde Dinamarca. Su mente recuerda un barco enorme, como un gigante oxidado en medio de la bruma marina, lo ve desde la distancia. No es posible que sea el mismo barco, ella no va en él, lo observa alejarse, es un recuerdo ajeno, prestado de alguna postal.

Mientras esperan por Sofie para el relevo hablan de ese país lejano que les pertenecía sin pertenecerles. Edith había venido a un mundo muy distinto del que sus padres habían conocido desde siempre. Había nacido durante la Gran Guerra, en una Dinamarca empobrecida por el daño colateral de las potencias europeas enfrentadas. El país había tomado una postura neutral y no se había inmiscuido en los asuntos del conflicto. Las noticias de la devastación y el horror venían de lejos, pero el distante hedor a muerte traía consigo hambre y crisis. Lo que antes había sido un país con un fuerte desarrollo agrícola se había visto sumido en la miseria junto con las crecientes industrias pesqueras y navales. Había desempleo y desesperación. Lejos estaban los campos de batalla, pero en el corazón de la capital, el llanto hambriento de la pequeña Edith confirmaba que en Dinamarca también se peleaba por la vida.

El nacimiento de Niels había sido distinto, en junio de 1920, con la guerra terminada. Había venido al mundo envuelto en un halo de paz, signado por la calma inquieta que envolvía al país cuya crisis de posguerra se había prolongado demasiado. La empresa metalúrgica para la cual trabajaba Vilhelm había cerrado sus puertas; el desempleo, que afectaba a los casi tres millones de daneses, los había mordido con dureza. Vilhelm, con dos niños, se consolaba en las noches frías en brazos de Sofie. Eran un equipo. Ambos habían estado casados antes, Sofie con un cantante de ópera de quien había enviudado muy joven. Al encontrarse habían recobrado algo que en realidad nunca habían perdido. Y ahora habían aumentado su pequeña sociedad a cuatro miembros.

En medio de la inventiva producto de la crisis, Vilhelm, resuelto como siempre, había empezado a fabricar jabón de manera artesanal junto a Sofie, al punto de llegar a montar una pequeña empresa que les cubría lo básico.

—¿Te acordás de la casa del lago? —pregunta Vilhelm, mientras acomoda las almohadas bajo la cabeza de su hija.

Edith recordaba algo de ello, era de los pocos recuerdos que persistían de Dinamarca. Nunca recordaba el hambre o las dificultades de Vilhelm para conseguir trabajo, mucho menos la guerra. *Krig*, una palabra que ella creció escuchando y cuyas dimensiones no lograba comprender, para ella sonaba como el canto de las cigarras por las noches en el norte de Nicaragua. *Krig*. De lo poco que recordaba estaban esos paseos al lago Emdrup junto con sus padres y Niels siendo un bebé cuya mecánica la fascinaba y con quien tenía que ser en extremo cuidadosa para maniobrar. Tal vez el lago se había quedado en su mente porque era lo que más siguió rodeando su vida: el agua. Era hija de una travesía transatlántica que la condujo a un país bañado por mares y lagos. Recordaba otras cosas también, algunas calles, casi ningún olor; recordaba a su padre tocando el violín acompañado por su madre en el piano, instrumento que había aprendido a tocar para acompañar a su difunto primer marido, eso era casi todo, esas vagas memorias en la pequeña casa que habitaban en Copenhague en la que, alguna vez, había vivido Hans Christian Andersen, cuyos cuentos Edith adoraba.

—¿Por qué nos fuimos, papá? —pregunta susurrando entre los metales que sostienen su quijada.

Aunque Europa estaba muerta, la familia se escudaba con los ingresos del jabón. No era mucho, sin embargo tenían comida. Pero ese invierno de 1922 empezaron los dolores de Sofie. Al principio se cansaba al caminar mucho, sus tobillos se hinchaban enseguida. Con frecuencia, antes de dormir, Vilhelm le frotaba un ungüento antiinflamatorio que hacía menguar el dolor y le permitía alcanzar el sueño. Con el frío, los padecimientos fueron empeorando, el solo hecho de estar de pie para cocinar la hacía tumbarse en cama con las piernas hinchadas.

Cuando los dolores llegaron a las muñecas y el cuello, se buscó ayuda médica. Por ese tiempo había tenido que permanecer en cama con periodos altos de fiebre, el nimio peso de las colchas la oprimía y la dejaba adolorida, y a la vez el frío al estar descubierta empeoraba su condición. Era un caso crónico de fiebre reumática. Con preocupación el médico informó a Vilhelm que, si bien sobreviviría a ese invierno, no podría resistir uno o dos más en las bajas temperaturas danesas. Niels y Edith no sabían nada, no entendían qué ocurría, solo solían llorar desconsolados, como los niños que eran, al no poder abrazar a su madre con la fuerza que querían, para evitar lastimarle.

Al principio, luego de las primeras visitas del médico, Vilhelm había ocultado el diagnóstico. Tranquilizaba a Sofie diciendo que se trataba de una afección muscular causada principalmente por una sobrecarga de preocupaciones, todo estaba en su cabeza; le decía que daba mucha importancia a la falta de dinero, y le aseguraba que pronto aparecería algo más rentable que el jabón. Sin embargo Sofie sabía que había algo más, ella también notaba la falta de abrazos de sus hijos y la torpe delicadeza con que la tocaban cuando ella les pedía cariño desde cama.

Vilhelm padeció durante semanas un sueño intranquilo del que despertaba constantemente para buscar una solución al problema de su esposa. El doctor había dicho que los medicamentos que podía suministrar eran costosos y de todas formas solo aminorarían lo que podría llegar a ser una larga agonía con el tiempo, y ellos no contaban con el suficiente dinero para comprarse ese tiempo. Los días se volvieron más pesados, el invierno recrudecía y el trabajo se multiplicaba sin la ayuda de Sofie.

Lo que parecía no ser la solución a sus problemas pero al menos algo a lo que valía la pena prestar cuidado, había llegado en un periódico junto a una nota enviada por un viejo amigo, Otto Kroldrup, que era ahora, según se enteraba Vilhelm, director de la Foreningen Emigraten, oficina que se encargaba de asuntos migratorios en el país. El diario hablaba de una próxima conferencia en Copenhague a cargo de los embajadores de Venezuela y Colombia con posibles oportunidades de empleo. Le pareció algo tan lejano que ni siquiera consideró la posibilidad de un empleo tan lejos de la familia. En todo caso la invitación despertó su curiosidad y le pareció una gran idea ponerse al día con Otto. Tal vez podría explicarle su situación, con la esperanza de conseguir un puesto laboral en la oficina de migración que dirigía.

El sol empezaba a colarse por las grietas de las nubes invernales.

La conferencia de los embajadores tuvo una convocatoria numerosa y, más que interesante, había resultado como algo sacado de una novela de aventuras y fantasía. Eran dos hombres, ambos morenos y enjutos, enfundados en unos inmensos abrigos que parecían tragarlos, hablando en esa lengua extraña que para ellos era el español, como si cantaran en vez de hablar. Luego de algunas palabras de los embajadores alguien traducía desde el podio lo que habían dicho sobre tierras lejanas, jungla, paraísos tropicales de coco y banano donde el sol brillaba cada día, donde se encontraba el futuro. El siglo que venía les pertenecería a las máquinas, a las industrias, y América era el futuro, una tierra virgen a la espera de la llegada de la modernidad, y sus gobiernos necesitaban mano de obra fuerte y trabajadora. Europa estaba muerta mientras allá reverdecía la vida.

Muchos se entusiasmaron con la idea que implicaba hacer el viaje a América, y se enlistaron para aplicar a los puestos a través de la Foreningen Emigraten para empezar el proceso con los gobiernos americanos. De todo lo que intentaron vender lo que más llamó la atención de Vilhelm había sido la idea del sol, el clima de un país que, ahora entendía, podía salvar la vida de Sofie.

No había sido necesario que buscara a su amigo entre la multitud después de la conferencia, Otto mismo le había sorprendido por la espalda con un abrazo cariñoso. Terminado el evento, cuando la multitud asistente se hubo disipado, platicaron largo rato. No supieron en qué momento se habían quedado solos en el salón, del mismo modo que no supieron en qué momento habían pasado de hablar de sus familias a hablar de sus vidas privadas, a hablar de la Foreningen Emigraten, y de allí a una oportunidad de trabajo para Vilhelm en la oficina. Otto estaba seguro de las capacidades siempre tenaces de Vilhelm y de su talento para sacar adelante cualquier tarea que se le encomendara. Al salir de aquel salón algunas estrellas ya brillaban en el cielo invernal de Copenhague. Vilhelm sintió la punzada del aire glacial al momento de abrigarse. Tenía un nuevo empleo.

Durante los meses que Vilhelm laboró con la oficina, en medio de enredadas e intermitentes comunicaciones con los gobiernos americanos, la salud de Sofie se mecía en un vaivén doloroso entre olas de bienestar y recaídas que la tumbaban. Más países se habían sumado a la petición de mano de obra danesa, ahora no solo Venezuela y Colombia eran los interesados sino también México y Nicaragua. Con cada comunicación y cada ofrecimiento la idea del clima que podía salvar a su esposa iba ganando más fuerza en Vilhelm; pronto, sobre todo en los periodos de recaída de su mujer, empezaba a valorar la seria necesidad de que su propia familia fuese una de las que migraran al otro continente. Por más cómodo que ahora se encontrara con su puesto laboral, con el que podía sustentar y dar algunos lujos a Edith y Niels, las palabras de los médicos, sentenciando a Sofie a solo dos inviernos más en esas condiciones, eran una pesada losa sobre sus días.

México parecía lo lógico, el país era enorme, había diversidad de clima y sin duda era el país más moderno y cómodo de toda la lista. Estaba a punto de anunciar a la familia que comenzaría trámites para que todos pudiesen trasladarse allí cuando las negociaciones con el gobierno se enfriaron, el país exigía solamente mano de obra con vasta experiencia en industria lechera, de la que los daneses carecían. Había sido un retroceso sumado a que los trámites con Colombia hacía meses que estaban estancados en un tedioso bache institucional y gubernamental.

De nuevo, los Gron se encontraban casi en el punto de inicio. Sofie intentaba consolar a Vilhelm diciéndole que ella iba a estar bien, que se sentía mucho mejor, que este verano se repondría por completo y el próximo inverno con su puesto en la F. E. no les haría falta abrigo y calor para mantenerla con bien. Sus ojos como dos pozos claros y profundos se llenaban de seguridad mientras le decía esas palabras y tomaba su mano tibia pensando que eso y el calor de sus dos hijos era todo lo que necesitaría para mantenerse con vida. Ella estaba segura de que estarían bien, pero las dudas cruzaban día y noche la cabeza de Vilhelm como nubes grises que amenazan el más claro día de verano.

Las comunicaciones que más tardaban en llegar a la F. E. eran las de Nicaragua, un pequeño triángulo de tierra en Centroamérica, ya que las cartas y cables tenían que viajar desde las oficinas de la embajada nicaragüense en París, que desde hacía meses pugnaba por ganar mano de obra danesa. Fue por esos días de nubes oscuras para Vilhelm cuando recibieron noticias directas del presidente Diego Manuel Chamorro haciendo una oferta ganadora ante la cual era difícil voltear el interés: el gobierno de Nicaragua estaba dispuesto a entregar doscientas mil hectáreas de tierra, libres de impuesto, por un periodo de cinco años para cien familias danesas a cambio de mano de obra de calidad para agricultura y ganadería.

Luego de la propuesta del presidente Chamorro, aun sin hacer las averiguaciones pertinentes sobre Nicaragua, las condiciones de la tierra que se les brindaría, su gente y el clima, Vilhelm sabía que la suya sería una de las cien familias que harían el viaje, y así lo anunció. Parecía una locura en manos del azar, todo apuntaba a enfermedades, comida extraña, una cultura de la que ignoraban todo y un clima abrasador... Eso era lo que importaba, un clima abrasador que les regalaría la vida. Inmediatamente y con tristeza se dispusieron a vender sus pertenencias y conservar lo básico para la travesía. Iban en busca de un futuro que no sabían cómo construir, pero que sería el suyo.

Edith apenas tiene memoria de aquellos días. Le ha dicho a su padre que recuerda más haber vendido cuatro de sus cinco muñecas y algunos vestidos que la enfermedad de su madre. De eso no tiene recuerdo alguno, se ha perdido en la bruma a la que pertenece casi todo lo que es Dinamarca para ella. Vilhelm soba con cuidado su cabeza que asemeja un grueso césped rojizo debido a los cabellos arrancados a tijeretazos antes de la cirugía. Le dice que está bien, que no importa que no recuerde, que para eso están ellos, para recordarle todo. Edith voltea la vista hacia la ventana, veteada y opaca, a través de la cual se adivina el color cobre del atardecer.

—Mor no debe tardar en llegar, hoy se queda a dormir ella.

Edith imagina a su madre, los dolores del invierno y aquella Europa hambrienta. Se alegra de tenerla viva y se entristece por la Edith que se quedó, sin duda una pequeña huérfana de largas trenzas y ojos melancólicos. Su madre vive y ella también. Eso es lo que importa. Vilhelm se ha puesto de pie para dar paso a una enfermera que la revisa sonriente. Edith está segura de que, de no ser por los metales, podría devolverle la sonrisa.

11

1956

—Vamos a comenzar por los pies, así que sentite libre de mover los brazos —dice Edith mientras clava la mirada en las extremidades inferiores del modelo. El hombre se planta inmóvil, tensa los músculos de las piernas y contrae levemente los dedos de los pies. Algunas venas resaltan, resultado de la fuerza empleada. El hombre, fornido y a la vez bajo, se mantiene expectante, con la mirada en el horizonte justo como Edith lo acomodó hace algunos minutos. Vieron juntos el detallado dibujo a carboncillo que la escultora le mostró, al tiempo que le dio indicaciones de cómo plantarse sobre el pedestal que colocaron en medio del taller en el claro de luz que entra por los ventanales. Edith echa un vistazo a la pequeña maqueta en escayola que preparó de la escultura y ve de nuevo al hombre, comprueba que la posición es correcta y da el primer martillazo al bloque de piedra que a su lado la hace ver como una diminuta obrera tratando de desintegrar una montaña.

—Si te tengo que contar cómo empezó todo —le dice Edith al hombre— ya que estás de curioso, y porque parece que todo se te olvidó, tendría que empezar por las caritas de barro, eso habrá sido poco después de mi accidente. No, no digás pobrecita de mí, no me gusta cuando hacés eso… pero bueno, sí, poco después habrá sido, cuando *far* compró la finca.

73

El Espadillo fue resultado de un periodo en el que Vilhelm había entrado en el negocio de compra y venta de tierras rurales luego de que la intervención estadounidense fue vencida y expulsada por las tropas del general Sandino. El terremoto, la reconstrucción de la Casa Dinamarca y la falta de clientela en el restaurante, que básicamente había consistido de marines estadounidenses, habían golpeado la economía de los Gron. A pesar de que Managua se levantaba lentamente de los escombros, muchas familias adineradas habían decidido abandonar la capital, nada los había podido detener, ni las promesas de reconstrucción inmediata del presidente Moncada, ni los sermones piadosos que daba monseñor Lezcano y Ortega en las afueras de lo que pretendía ser la catedral de Managua, cuya construcción había quedado pausada por la sacudida.

Mientras luchaba por ganar una clientela nacional que gustara de la cerveza alemana que servía en su restaurante, Vilhelm había entrado en el juego de facilitador de algunas familias que deseaban comprar tierras fuera de la ciudad en ruinas, sobre todo en el norte, cuyos terrenos los Gron conocían sobremanera gracias a la travesía nómada que tuvieron que realizar cuando todo el paraíso prometido para las familias danesas que migraron a Nicaragua había resultado, más que un fraude, en un infierno en la tierra.

El dinero ahorrado durante años para poder viajar una temporada a Dinamarca con los hijos crecidos se había esfumado en la reconstrucción del restaurante, la reparación del vehículo y los cuidos médicos de Edith. Con lo que sobraba, más lo ganado en el negocio de las ventas de tierras, Vilhelm compró El Espadillo. La finca quedaba a ocho kilómetros de Nagarote y se extendía majestuosa frente al lago Xolotlán, justo frente al volcán Momotombo que Edith había admirado desde siempre. Fue en ese ese lugar, entre baños en el lago y cultivos prósperos, que Edith, ya repuesta y vuelta a la vida, había encontrado una especie de barro rojo y oscuro con el que se divertía jugando durante los últimos años de su adolescencia. Se encerraba en un mundo imaginario y, azuzada por la brisa del lago, daba rienda suelta a sus manos creando divertidas figuras que luego deshacía para volver a rehacer de forma diferente. Pronto empezó a hacer lo que los empleados de la finca y su familia empezaron a llamar *caritas*.

—En realidad ya eran una especie primitiva de bustos —le dice al hombre; los rayos del sol le dan de frente iluminando su rostro mestizo y proyectando una sombra tan larga que se arrastra por el suelo y trepa las paredes del taller—. Tenían todas las dimensiones de una cabeza, lo único es que eran pequeñas, como un boceto. —Le señala el boceto en escayola de lo que será la escultura que los ocupa—. Como sea, a la familia les resultaba divertido… hasta que dejó de serlo.

Con los años, Edith iba dejando atrás el trauma del accidente, el complejo inicial de su ojo gacho y su nueva cara que el tiempo y el espejo le hicieron asumir como suya. Iba creciendo a unas facciones delicadas que despegaban miradas del piso y la seguían por las calles que se levantaban de los escombros de Managua. Junto a ella crecía la destreza de elaborar figuras con el barro rojo de la finca, ese barro que se había convertido en aliado de sus manos, que la había hecho olvidar las penas que creía haber dejado en Copenhague, inventadas por ella.

—Por ese tiempo ya andabas de novia ya sabés con quién —dice sonriendo pícaro el modelo.

—Vos sabés muy bien que sí —contesta Edith clavándole una mirada cómplice.

—Hablemos de eso —pide él.

—Ahorita te estoy contando otro cuento. Aunque, bueno, no sé ni para qué, si bien te lo sabés tanto como yo. —Prende un cigarrillo, busca por un segundo el hilo de la historia en su mente y prosigue.

Había aprendido a secar al fogón algunas de sus pequeñas creaciones. Endurecidas al fuego cobraban cierta seriedad y se convirtieron pronto en regalitos perfectos para amistades de la familia, les causaba enorme gracia el talento de la joven, sobre todo a Sara, una inseparable amiga de Edith por aquel tiempo. La amiga le rogaba que intentara hacer un retrato en barro de ella, cosa que Edith nunca había probado, creyéndolo ambicioso, pero al acercarse el cumpleaños de la amiga se había decidido a intentar moldear el rostro para demostrarle su cariño como regalo. El resultado había sido asombroso, era como ver otra Sara duplicada en barro. Sofie y Vilhelm, más que asombrarse, se habían asustado enormemente. ¿En realidad Edith había hecho eso? Parecía resultado de algún tipo de hechicería.

Sara tuvo que esperar varios días, pasado su cumpleaños, para poder llevar a casa su cabeza de barro, ya que los Gron la habían retenido para mostrarla, entre temerosos y orgullosos, a los amigos de la familia.

—Desde esa primera vez, todo se me dio más fácil —dice la escultora mientras sopla el exceso de polvillo de la piedra—. Empecé a experimentar con muchas figuras más. Era un barro algo poroso, lo usaban para hacer ollas, era resistente, pero algo difícil de manejar, o tal vez así lo recuerdo ahora que he trabajado tantos materiales preciosos. No, no te estoy diciendo que era más difícil o fácil, solo que era diferente. El punto es que empecé a experimentar con figuras de animales, figuras un poco más grandes. Creo que una de esas figuras fue la que vio el doctor Emiliano Lacayo, amigo del presidente, que era amigo de far, un hombre con muchos contactos. Él fue quien insistió para que entrara a Bellas Artes.

Era 1941 y la Escuela Nacional de Bellas Artes acababa de abrir sus puertas bajo la dirección del maestro Genaro Amador Lira. Edith recordaría siempre la tarde que fue a visitar al maestro Amador en las instalaciones de la escuela. Era una casa de dos pisos al costado oeste del Parque Central, que contaba con un amplio patio al centro, por el cual se desplazaba a veces una fresca corriente de aire que parecía traer las brisas cercanas del Xolotlán. Era la primera vez que Edith entraba a un taller de escultura, la primera vez que sentía la diversa combinación de olores de los químicos y materiales que la habrían de acompañar. Al fondo del taller, leyendo un diario y casi sin percibir la presencia de la muchacha, se encontraba un hombre mediano, algo calvo, apoyado en una amplia mesa de trabajo sobre la cual descansaban, como partes de personas a medio nacer, diversas figuras de manos y pies.

A Genaro Amador la niña le pareció un pequeño rayo de sol, rubiecita, tímida, con un ojo caído y una voz débil. El doctor Emiliano Lacayo le había llevado de muestra la figura de un caballo de unos treinta centímetros de largo que la muchacha había esculpido, le dijo que en la finca donde vivían los daneses había decenas de figuras como esa y que todas habían salido de las manos de la muchacha. El profesor accedió a verla, después de todo esa era la razón por la cual habían fundado la escuela, para formalizar la práctica artística que solo se ejercía de forma artesanal en el país, crear un movimiento para que otros como él, como el maestro Peñalba, tuviesen las oportunidades que ellos habían tenido, estudiar fuera, comerse el mundo.

Edith estaba embelesada. Supo desde ese momento, desde esa primera reunión con Genaro Amador Lira, que ese era el lugar al que pertenecía, el lugar en el cual daría forma a una vocación que había descubierto, y que se tornaría una pasión irrefrenable. Cuando el profesor Amador Lira le dio la bienvenida a la escuela ese día fue el exacto momento en el que empezó a esculpir su vida.

Salió del edificio a una tarde violeta. Vilhelm y Sofie la esperaban afuera, en el vehículo, y la sonrisa que Edith traía en su rostro bastó para ellos; nada sería igual a partir de ahora. Esto ya no era el pasatiempo de su hija, era el comienzo de su profesión. Tendría que tomar las clases en serio, con disciplina. Se ausentaría de sus labores en el restaurante, tomaría las riendas de su vida. Sus padres asumieron su entusiasmo con satisfacción, como un rayo de luz durante esa época sombría en la que seguían de lejos la ocupación de su país por las fuerzas militares de la Alemania nazi.

—Casi me vuelvo loca cuando entré a clases… ¿Cómo que por qué? —Aparta la vista del bloque y la clava, extrañada, en los ojos del modelo—. Me parecía que estaba soñando, todo lo que había ahí, todo lo que había que aprender, tanta gente como yo. Ahí conocí a Fernando Saravia, que ya era un pintor algo famoso o en camino a serlo, y a Mario Zamora Alcántara, que es mi gran amigo, mi cuate, con quien me fui a México. Claro, la Ciudad de México… pero eso es más adelante, mi querido, ahorita vos quedate quieto, mucho te movés.

12

1989

La sala vuelve a llenarse gradualmente de personas. Algunos, seguramente como Edith, han regresado a esperar ansiosos un segundo anuncio que aclare las cosas sobre el vuelo a Managua. Toman sus asientos y se suman a la espera. Edith reconoce el acento de Estelí en dos muchachos, menores de quince años, ese acento tan melódico que siempre le ha gustado. Parecen hermanos, viajan juntos y los acompaña quien parece ser su padre; los ve detenidamente, sus caras aniñadas apenas ganando ciertas facciones de hombres. Piensa que pronto tendrán la edad para cumplir el servicio militar en Nicaragua. Le parece ilógico que regresen a Estelí, ¿por qué no se han quedado con alguien en San José?, ¿quién a esa edad quiere volver a un país del que, justamente, a esa edad se escapa para no morir entre lodo y el hambre en las fronteras, defendiendo una revolución que solo devuelve héroes muertos? Cientos de cajas cubiertas con la bandera sandinista que contienen niños como esos, para ser veladas en la Plaza de la Revolución frente a carteles gigantescos de otros héroes también muertos. «Hace mucho», piensa Edith mientras se escucha prender la turbina de un avión, «hubo héroes que eligieron serlo, o eso también lo decía la historia que ellos, los de siempre, habían escrito en otros siglos. Héroes de piedra». Piensa en la monumental

79

figura del general José Dolores Estrada que ella esculpió. Su mente despega junto al avión, ese que va a cualquier otro lado que no es Managua.

Fue uno de los encargos más grandes en tamaño, era 1959 y el general Estrada cumplía noventa años de muerto y ciento cincuenta y tres años de la gesta en San Jacinto. Ella hubiese preferido esperar diez años en aquel entonces, posponer el monumento para ser ella quien hiciera el homenaje en el centenario. Ahora piensa que si hubiese sabido que diez años después los primeros signos de su enfermedad empezarían a manifestarse y que poco a poco sus fuerzas iban a ser mermadas, al punto de ser físicamente incapaz de cumplir con la titánica tarea, no hubiera tenido problema, se hubiese ahorrado esa pequeña congoja que le invadió cuando la Asociación de Escritores y Artistas de Nicaragua la buscó para la tarea. Ese era el momento idóneo, ahora lo sabe, para que realizara la estatua del héroe; además, dos años después Fernando Saravia esculpiría también una estatua a Estrada que sería ubicada dentro de la Hacienda San Jacinto. Durante los primeros de los años sesenta cada vez que se encontraba con Fernando, con sus brazos fornidos y bigotes tupidos, solían bromear entre ellos sobre cuál escultura era mejor, sobre qué material perduraría más en el tiempo, si la piedra artificial que utilizó Edith o el hierro y cemento usados por él. Ambos sabían, y les causaba gracia, que algunas personas tomaban partidos entre sus trabajos, ellos solo disfrutaban bromeando como los viejos amigos que eran desde los primeros años en la Escuela Nacional de Bellas Artes. Edith le admiraba desde entonces, cuando, sin bigote y más pequeño que ella, siendo un muchacho espigo y débil ante la adolescencia voluptuosa de la danesa, era ya un artista cuyos trazos prometían lo que luego habría de cumplir con creces.

¿Qué estaría haciendo Fernando en ese momento? De seguro trabajaba incansable mientras ella se moría.

Ambos monumentos fueron situados en un lugar privilegiado: el de Fernando en el propio suelo donde el militar había dado su batalla más emblemática, y la enorme escultura de Edith, de dos metros y medio, fue ubicada en un alto pedestal en una plazoleta en el flanco suroeste de la laguna de Tiscapa, dando la espalda al cuerpo de agua y a la vez custodiando de cierta forma el Palacio Presidencial en lo alto de la laguna. Lo había representado de cuerpo entero en sus ropas militares, ancho de espaldas, macizo, alto, casi un dios griego en uniforme, sosteniendo un inmenso sable cuya punta se dirigía al suelo, y la mirada pétrea e inmisericorde que siempre imaginó en él. El monumento podía verse a gran distancia desde la carretera que va de Masaya hacia Managua. «Ahora lo han destruido», piensa Edith. Hacía poco tiempo habían construido un pequeño paso a desnivel que le robaba espacio, ahogaba la plaza y lo ocultaba a la vista. Varios árboles que han crecido alrededor lo han terminado de tragar, y él está allí, oculto, con el sable vencido y cubierto de cagarrutas.

Los muchachos han tomado asiento, esperan junto a su padre. Un murmullo invade la sala, una que otra risa irrumpe intempestiva, Edith caza de vez en cuando alguna expresión nicaragüense, otra costarricense, la divierte ese juego. Ve de nuevo a los muchachos y le hacen recordar que el monumento a Dolores Estrada fue el segundo en menos de tres años que hizo en honor a alguien relacionado a la histórica batalla. Los dos muchachos le han hecho recordar aquella tarde en que un grupo de alumnos del Instituto Ramírez Goyena la buscaron en su taller para realizar la estatua de Andrés Castro que custodia la entrada a la Hacienda San Jacinto. «¿Hace cuántos años eso ya?», se pregunta. Esos muchachos hoy tienen la edad que ella tenía entonces. Piensa qué pudo ser de sus vidas, ¿seguirían en Nicaragua acaso, habrían migrado, escapado de la dictadura, se habrían unido al Frente Sandinista? No tenía certeza. Como fuere, la estatua del humilde soldado era un testimonio de ella y ellos, que se plantaba firme como prueba de que sus caminos se habían cruzado alguna vez.

Uno de los muchachos saca un libro y se distrae, Edith los mira con atención y vuelve a pensar en el Servicio Militar obligatorio. «¿Alguna vez tendrán la edad que tuve entonces y que aquellos estudiantes tienen ahora?», se pregunta con tristeza.

13

1931

Cuando Sofie entra en la habitación y la atraviesa sin reparar en los otros pacientes, el rostro de Edith se ilumina. La ve acercarse, lleva un vestido oscuro y largo que llega casi a sus tobillos y, por un segundo, da la sensación de que flota a través de la sala.

—Hola, mor —dice la muchacha, contenta de verla. Su rostro es blanco y lleno de una candidez que vence sus rasgos fuertes.

Edith la observa como si la viera por primera vez, como si luego del relato de su padre hubiera renacido, hubiera regresado más intacta que nunca de un pasado que ella desconocía y que ahora le pertenece tanto como a Sofie. Ella acomoda sus almohadas con extremo cuidado y levanta la cabeza de la hija tomándola por la nuca. Edith, adolorida, lanza un gemido rezagado y la madre se apresura en su tarea. Pregunta cómo se siente, qué tal ha estado con far. Edith contesta que las noches las pasa muy mal por lo general, le habla de las pesadillas, de sus constantes despertares, le dice también que con far ha pasado un excelente rato, que han platicado sobre Dinamarca, sobre la vida cuando ellos eran unos niños. Sofie suspira, constantemente recuerda aquellos años, los dolores que desaparecieron por completo desde el momento en que tocaron suelo en el puerto de Corinto, la travesía en aquel barco.

—Fue un viaje muy largo.

Sofie podía rememorar con total viveza el día que zarparon del puerto de Esbjerg, luego de atravesar el país y dejar atrás Copenhague. Muchas veces viene a ella ese recuerdo, el sol debilitado de aquella mañana que no permeaba en el ánimo expectante de las cien familias danesas que partirían hacia Nicaragua. Todos revoloteaban inquietos antes de subir al barco que, como primera escala de muchas, los llevaría al puerto de Harwich en Inglaterra. Niels lloraba entre el gentío al igual que otros niños; el llanto se perdía entre el barullo de la gente subiendo y acomodando equipaje. Vilhelm cargaba a Edith, que había sido peinada con dos trenzas para el viaje. En su pequeño rostro se notaba desconcierto y confusión, se aferraba a una muñeca de trapo, la única que le habían permitido quedarse luego de la venta de las pertenencias de la familia. Estaba sofocada, quería desprenderse de los brazos de su padre y abrazar a su hermano, consolarlo, pero los brazos de su padre la aferraban con fuerza. Iban a paso apurado, abriéndose camino hacia el *ferry* que flotaba a la espera de las familias, una máquina extraordinaria que los niños habían visto muchas veces sobre la tranquilidad del agua, pero cuyas entrañas les eran desconocidas y tenebrosas.

Algunas de las familias habían zarpado en el *ferry* del día anterior y se reunirían con el resto una vez en Harwich, ellos ya habían dado el primer paso de la travesía, ya habían sentido, como lo sentían ahora Vilhelm y Sofie, el amargo mordisco de dejar su país, el espanto de sus niños, la despedida de sus otros familiares, el último abrazo a sus mascotas. Al subir al bote, mientras Edith se sujetaba a las faldas de su madre, habían dejado de pisar tierra danesa sin saber si alguna vez regresarían a ella. Vilhelm intentaba lucir estoico, fuerte. Siendo pilar de esa travesía no debía demostrar que por dentro dudaba de hacer lo correcto, sabía que sus hijos crecerían sin patria pero con madre.

A la distancia, Dinamarca ya solo era una línea de tierra en medio del océano. Junto a decenas de otros migrantes, los Gron observaban cómo a cada segundo todo un país que les pertenecía, cómo todo lo que conocían, era tragado por el azul reflejo del mar y se embarcaban hacia un destino incierto, hacia lo desconocido. Niels lloraba, abrazaba a su hermana que se ceñía a la muñeca. Edith soltaba por primera vez a su compañera de trapo y se abalanzaba a abrazar a su hermano. Ellos aún no entendían de patria ni exilio, estaban embelesados y asustados con el ruido del motor y la inmensidad del mar. Su país había desaparecido y ellos no lo habían notado.

—¿Cuánto duró ese viaje, mor? —pregunta la hija entre los metales, con ese susurro que ahora se ha vuelto su voz.

—Fue casi un día, dormimos la noche y a la mañana siguiente estábamos en Inglaterra.

Una vez en Harwich desembarcaron a un país que ya no era el suyo, por primera vez los niños Gron pisaban una tierra que no era Dinamarca. Los esperaba el tren a Londres, tres horas desplazándose a través de un paisaje brumoso que desconocían, dejando atrás valles, pegados al cristal, asombrados por la velocidad de la máquina, el vagón lleno de compatriotas, como una pequeña isla danesa, con otros hijos asustados como ellos. Los padres no paraban de hablar con otros adultos, mencionando nombres de lugares desconocidos, hablando de distancias incomprensibles; tal vez ellos también tenían un poco de miedo.

Edith tiene un vago recuerdo de Londres, de las pocas horas que estuvieron en la ciudad. Recuerda la extraña lengua que era el inglés, todos la hablaban desde el momento en que bajaron del tren. Era la primera vez que ella era lo que sería el resto de su vida: una extranjera. La familia perdida entre el gentío de la ciudad más poblada del mundo. La lluvia era una presencia suave y constante que lo empapaba todo a los pocos minutos de estar en las calles, esas calles llenas de edificios y vehículos que no se parecían a nada que hubiese visto en los libros. Londres se extendía a lo largo y ancho como un mar de concreto. Niels y Edith, cada uno de la mano de uno de sus padres abriéndose paso por ese mundo que parecía pertenecer a una fantasía. Ahora era tiempo de abordar el tren a Liverpool, de donde partirían de Europa hacia la jungla que en sus cabezas era América.

—Liverpool… Ya no recuerdo nada de ello.

—No hay mucho que recordar, mi niña —le dice Sofie con ternura—; una ciudad sucia, la más sucia que he visto en la vida.

Edith intenta reír sin éxito, se siente cansada. Su madre le dice que es mejor que repose, que si las noches han sido tan terribles debe de estar exhausta, llena de fatiga, y que los médicos han dicho que el reposo es clave para su recuperación. Edith asiente, el ojo vendado le punza y el otro le pesa. Se deja ir.

La despierta un grito. Han traído a un nuevo herido. Ve sangre en una de sus piernas, abundante. Los médicos suturan una larga herida en su muslo izquierdo, blasfema en inglés; es rubio como ella, aunque no puede ver el color de sus ojos, cerrados con potencia por el dolor. Los quejidos del hombre duran más, lo han dejado solo y sus lamentos persisten hasta menguar y llevarlo al sueño. De nuevo el silencio, el aburrimiento. Mor se ha ido. Cierra los ojos un instante.

—¿Edith? —pregunta una ligera voz con inseguridad. Abre el ojo y ve a su amiga Sara junto a su cama.

—¡Sara! ¡Viniste! —La ve, tímida, temerosa. Hay terror en su mirada.

—¿Cómo te sentís? —Su voz tiembla.

—Mejor ahora que te veo. —Al momento que pronuncia esas palabras sabe que es un error. No le han permitido verse en un espejo desde la cirugía, pero no lo necesita, el rostro de Sara le dice todo lo que necesita saber. Ella le teme. Teme esos metales saliendo se su mandíbula, teme a esa muchacha amoratada con el pelo corto a ras del cráneo, las vendas sanguinolentas que necesitan cambiarse, el olor de los enfermos.

Hablan unos minutos, pocos. No como lo han hecho siempre, con risas y chismes, hablan con las palabras incómodas de dos extraños que se han quedado solos en una sala. Ella se despide y Edith sabe que no regresará. Faltan horas para que Vilhelm venga a acompañarla, Edith siente el abandono mordiendo el vacío de su pecho. Se siente sola, un monstruo del que hay que huir. Se ha visto en Sara, en su deseo de escapar de su presencia. Se siente más sucia que toda la ciudad de Liverpool de la que le ha hablado mor. Siente las lágrimas venir a ella y el dolor de los metales en su boca con cada espasmo del llanto.

14

1956

—¿De verdad querés que te hable de eso? —Edith deja por un momento de estilizar la rótula del soldado y apoya los brazos sobre sus muslos, sosteniendo las herramientas en el aire—. Dios mío, pero si vos más que nadie conoce la historia.

El modelo esboza una sonrisa dejando por un momento las serias facciones de Andrés Castro, sabe que es cierto, nadie mejor que él conoce esa historia. Edith se dispone a empezar su relato al momento en que dos suaves golpes en la puerta del estudio la interrumpen, son golpes dóciles que ella reconoce bien, anuncian que Sosita está por entrar. Trae consigo una pequeña bandeja con dos vasos de limonada.

—Llevan horas encerrados acá —dice mientras acerca la bandeja para que Edith tome una de las bebidas—. Con este calor se deben estar muriendo de sed.

—Gracias —dice el modelo al bajar del pedestal y abalanzarse sediento sobre el refresco.

—Sosa, ¿vos sabés cómo conocí a mi primer novio? —pregunta Edith.

Sosa parece tímido ante la pregunta, niega sonrojado con la cabeza.

—Ya estamos grandes, no te pongás así. Estaba por contar la historia.

Bill había llegado por parte de Niels. Con dieciocho años, el joven danés gustaba de las peleas de boxeo que solían organizarse en Managua. Pedía unos cuantos pesos a Vilhelm y se escapaba a ver al menos dos peleas por mes. Por esos días, en los recintos llenos de humo y sudor, entre los improperios gritados por los hombres excitados por las contiendas, Niels había conocido a Bill, lo había visto pelear en varias ocasiones y cada vez que se anunciaba un Bill Turcios contra cualquier contrincante, Niels hacía lo posible por estar al lado del ring. Era un boxeador talentoso, vencedor la mayoría de las veces. Niels se le acercaba luego de los combates e intercambiaba un par de palabras con él, quien parecía no prestarle atención al niño rubiecillo que le dirigía emocionadas felicitaciones. Muchas fueron las veces que Niels insistió para que Turcios fuera a comer a la Casa Dinamarca. Cada vez intentaba convencerlo con la oferta de un almuerzo cortesía de la casa, hasta que una de tantas, con el sol mordiendo Managua y su estómago, Bill aceptó la invitación.

Edith tenía veintiún años y fue la mesera que le atendió esa tarde. El hombre, tosco y a la vez de tierno hablar, quedó prendado de aquel rostro delicado, los ojos profundos y claros, y el cuerpo esbelto y sensual que Edith había desarrollado en su generosa adolescencia. A ella le parecía un hombre divertido, hablador, apuesto y a la vez misterioso. Luego de ese primer encuentro Bill frecuentó ávidamente el restaurante de los Gron, compartía alguna cerveza con Vilhelm, con quien se entretenía en largas pláticas de temas diversos y luego se quedaba a solas con Edith, divirtiéndola, luciéndose con la ternura que desde entonces invadía contradictoriamente su enorme cuerpo atlético.

—Bueno —dice Edith mientras sorbe limonada—, y pasó lo que tenía que pasar: empezamos a andar de medio novios a escondidas.

—¿Con permiso de su papá? —pregunta Sosita, interesado.

—Al principio no —responde prendiendo un cigarrillo.

Bill se había ganado el cariño de los Gron; con oído paciente escuchaba largo rato a Vilhelm hablarle sobre las políticas que envolvían a Europa, y el peligro que se cernía sobre su continente con el auge de la Alemania nazi. Bill disimulaba interés profundo mientras reprimía bostezos, pues poco o nada le interesaba lo que ocurría en Alemania, no podría ni ubicarla en un mapa si le pusieran uno enfrente. Pero don Guillermo, como él le conocía, se alteraba preocupado hablando del tema. Doña Sofía, como él le conocía, llevaba las cervezas frías a la mesa donde cada vez con más frecuencia les acompañaba Edith. Las pláticas con Vilhelm pronto fueron perdiendo frecuencia y fuerza, y cada vez había más temas comunes con Edith, y la visita en la Casa Dinamarca se extendía a lo largo de horas después de que el restaurante cerrara sus puertas. Edith y el boxeador se quedaban solos en el comedor a media luz, intentando no despertar a la familia entre risas y pronto entre besos.

—Lo que siguió fue amor —sentencia el modelo subiendo al pedestal y asumiendo de nuevo la postura del robusto soldado.

—Sí, eso fue —contesta Edith con el cigarro atrapado entre los labios y la mirada ahondando en el pasado.

—Eso fue los primeros meses, luego su papá se dio cuenta —dice el modelo con amplia sonrisa, dirigiéndose a Sosa.

—¿Y la regañaron, niña Edith?

—No —contesta divertida, saliendo bruscamente de su pequeño trance—, todo lo contrario, mi papa y mi mama se pusieron contentos, estaban encantados. Y Niels ya te imaginarás, estaba fascinado con tener metido a Bill en la casa, y claro, tenía entradas gratis a las peleas.

Bill había sido aceptado por los Gron con alegría. Ya había hecho el trabajo de ganarse a la familia antes de anunciarse formalmente como novio de Edith, y con el paso de algunos años era invitado a cada paseo a El Espadillo y a cada una de las reuniones familiares.

Edith se negaba rotundamente a verlo pelear, decía que no podría aguantar ver cómo lo golpeaban, pero menos ver cómo él golpeaba a otro, descubrir en él una furia que no podía asociar con el hombre de humor desbordante que amaba. Odiaba curar sus golpes y sus heridas, llegó a tener pesadillas donde lo veía, otra vez, con los párpados cortados que habían tenido que suturarle luego de una pelea con Kid Pambelé. Prefería al hombre con el que se escapaba a El Espadillo, en complicidad de Niels, que desde hacía un tiempo empezaba a interesarse por los asuntos de la finca; ese hombre fuerte que la sostenía frente a los volcanes, en ese espacio tan solitario y apagado donde solía embarrarlo de la tierra cobriza del lugar, hacer barro con el sudor de su cuerpo cuando no estaba la familia. Le prometía algún día esculpir un busto suyo, pero desistía temerosa de no ser capaz de captar los fuertes rasgos que amaba en su rostro.

Cuando la aceptaron en la Escuela Nacional de Bellas Artes, los dos, locos de felicidad, organizaron una fiesta en la Casa Dinamarca, en la que él, con el ligero e incitador aliento a cerveza a un centímetro del rostro de Edith, le dijo que ahora tendría que cumplir su promesa:

cuando fuera una escultora famosa tendría que modelar para ella.

A la salida de la Escuela de Bellas Artes, mientras el sol cobrizo de Managua adornaba las tardes, Bill esperaba paciente dos veces por semana a Edith. Ya conocía sin conocer a todos los estudiantes, a los compañeros de su escultora en ciernes, los veía salir del recinto con las ropas manchadas y cabellos enmarañados algunos, otros que se cambiaban de atuendo antes de salir y lucían peinados engominados, pero eran las risas femeninas, que precedían la aparición de una bandada de muchachas con anchos faldones al viento, las que le anunciaban la llegada de Edith. La muchacha cruzaba apresurada la calle y se fundía en un abrazo con Bill, se sentía frágil entre los brazos largos y fuertes del boxeador. Bill removía el pesado bolso del hombro de la estudiante, siempre lleno de herramientas que prestaba en la escuela para continuar sus prácticas en casa, y tomados de la mano se dirigían al malecón, buscando el abrazo del oleaje del lago para sus besos.

—Fueron años felices y luego dolorosos. —Edith deja el cincel, apaga la colilla casi extinta en el cenicero desbordado. Las cenizas le recuerdan a lo que siguió después, lo que aquella muchacha de veinticinco años padeció; ella solo podía con el seco y punzante sabor de la ceniza en la boca.

—Y luego supiste de la otra mujer.

—Y de los hijos también.

Había sido Vilhelm mismo quien lo había descubierto. Edith nunca quiso preguntarle cómo lo supo, siempre imaginó que simplemente se lo habían contado, ser dueño de un bar y restaurante es tener ojos y oídos en toda la ciudad. Edith siempre supo que a su padre no le habían importado las habladurías, que la gente supiera la farsa total y lo que nunca se llegó a tener claro: que Edith era la amante de un hombre casado o que la otra mujer se había casado con un hombre con novia, como fuese, el único culpable era Bill, y si Vilhelm le reveló la verdad había sido por el bien de las dos mujeres.

Una tarde, sin explicar nada invitó a Edith a un paseo en el viejo Ford, recorrieron por largos minutos calles y calles. Vilhelm generalmente nunca estaba tan callado, Edith sabía que algo ocurría. ¿Por qué mor no venía con ellos? Después de un buen rato se estacionaron, una cuadra común, una fila cualquiera de casas en la ciudad. Esperaron largo rato en silencio hasta que su padre señaló a una mujer que salía de una de las casas, con un niño en brazos y otro de la mano. Rompió el silencio y le reveló lo que tanto temía revelarle.

La ceniza había entrado en su vida.

La relación terminó de inmediato, no podía ser justo para ninguna. Hubo recaídas de parte de ella cuando Bill la buscaba, cuando le enviaba telegramas, algunos encuentros fugaces de los que luego se arrepentía. Edith no podía dejar de verlo como el hombre amoroso que conocía; había sido un error, uno enorme, pero podía más su cariño por él. La fortaleza, esa que la había hecho soportar hambre, cruzar un océano, y sobrevivir a una larga y dolorosa convalecencia de hospital se apoderaba de ella. Poco le importaban las habladurías que corrieron sobre la señorita Edith, Bill sería siempre un amigo, no se daría la amargura de arrancarlo de su vida, lo perdonaba. Todo cambiaría, nada sería igual y jamás lo aceptaría de vuelta, pero nunca dejaría de tener cariño por aquel robusto payaso.

—¿Contento, Bill? ¿Puedo seguir esculpiendo? —dice y retoma el cincel. El viejo boxeador asiente en silencio y retoma su pose. En el paladar de ambos la ceniza ya solo es un recuerdo difuso.

15

1989

Ha perdido interés en los jóvenes de la sala, de nuevo se siente débil y las punzadas en el cielo de la boca evitan que piense en otra cosa que no sea el dolor. A lo largo de este último año le pasa con frecuencia, las punzadas la dejan en un limbo breve que termina por perderla.

De súbito tiene el estómago vacío, siente un hambre vertiginosa subir hasta su boca. Margarita le ha aliñado, en una pequeña caja con tapadera, una porción de la papilla que la enfermera le ha preparado. Aunque la comida dista de ser gustosa, el hambre va creciendo. Mira a su alrededor y se ve rodeada de pasajeros varados como ella. Siente vergüenza y decide resistir el hambre hasta llegar a Managua. No podría realizar, frente a tantos desconocidos, la labor tortuosa que para ella se ha vuelto alimentarse. Sus comidas se han visto asistidas en los últimos meses por la enfermera que su sobrina ha puesto a su cuido, una joven con la que ha trabado una especie de tierna amistad. Margarita y sus hijas insistieron en que la enfermera le acompañara en el viaje de regreso a Nicaragua, intentaron convencerla alegando que no se encontraba en las mejores condiciones para viajar sola. Edith se negó de forma rotunda. Este viaje de retorno, del que estaba convencida que sería el último de su vida, tenía que hacerlo por su cuenta. Además estaba segura de que, sin decirlo, la enfermera se moría de miedo con la idea de ir a Nicaragua, de donde más bien miles escapaban de la guerra. Por muy corto que el viaje resultara, tenía que hacerlo por su cuenta, tenía que despedirse, aunque fuese de esa forma, de la mujer que había sido, independiente y resuelta, de decisiones siempre suyas que habían moldeado el rumbo de su vida. Quería aterrizar sola en Managua, ser recibida por Niels y Gloria, como tantas otras veces antes de la enfermedad.

Siente unas ganas enormes de abrazar a su hermano, ese hombre tan alto y rubio que podía confundirse con el sol. El dolor se detiene, es aplacado por la imagen de Niels en su cabeza. Cuando le nombraron cónsul honorífico de Dinamarca en Nicaragua a Edith le causó gracia la idea de que su hermano, un Gron, fuese representante diplomático del rey, cuando solo unas décadas atrás habían huido de la vida en Dinamarca y habían pasado un sinnúmero de penurias a su llegada a lo que les habían vendido como la tierra prometida. Pero era verdad, su hermano representaba al reino y ella era la escultora nacional, muchas cosas habían cambiado desde que desembarcaron en el puerto de Corinto en 1923. Pero el brillo siempre fue para ella, ella que aparecía en los periódicos y era invitada a todos los actos sociales, ella que era reconocida por la gente en la calle, ella que desde entonces y desde hacía varios años había vertido su pasión por Rubén Darío y su poesía en una serie de bustos que habían logrado cruzar fronteras que alguna vez creyó imposibles. Sus bustos a Darío, al que siempre representaba de formas innovadoras, se habían convertido en el regalo predilecto del gobierno del presidente Somoza para otros jefes de Estado. La figura siempre pétrea del poeta, con la firma de Edith Gron, se encontraba fija en parques y avenidas en Berlín, Lima, Guadalajara, Bogotá, Miami, Utrecht, San José, Madrid... Sus padres jamás pudieron imaginar, al dejar para siempre las costas de Dinamarca, que las vidas de sus hijos se tornarían tan prolíficas. Se habían lanzado al mar ante la incertidumbre y el puerto de sus vidas se tornó firme para darles a los dos pequeños la acogida y la vida que Copenhague les negaba en aquellos años de posguerra.

Casi coincidiendo con el nombramiento diplomático de Niels a principios de los sesenta, la escultora recibió de parte del Distrito Nacional un encargo que, sin saberlo los directivos, para Edith resultaba especial. Consistía en una estatua de Diriangén, un aguerrido cacique ducho en las artes de la guerra que había hecho frente de forma sangrienta a la conquista española hasta su muerte, defendiendo la vasta extensión de tierra que dominaba en lo que hoy es Nicaragua. Aunque Edith sabía algo de la historia del famoso gobernante indígena, no era precisamente la idea de su figura lo que la emocionaba, lo que le hizo volcar el corazón cuando le solicitaron la estatua fue la locación destinada para colocar el monumento: según la carta del Distrito Nacional firmada por el ministro Guillermo Lang, el monumento sería ubicado a la entrada del parque Las Piedrecitas. Desde siempre ese parque había estado ligado a su vida, desde la infancia disfrutaba de largas tardes en compañía de sus padres y su pequeño hermano en los kioscos del lugar, contemplando la laguna mientras su padre le contaba leyendas fantásticas de serpientes emplumadas y cocodrilos; era ese el mismo parque del que venía saliendo cuando casi pierde la vida a los catorce años en el accidente que la dejó convaleciendo por meses. Ese lugar representaba para ella una especie de renacer, y había seguido visitándolo a lo largo de su

97

vida con regular frecuencia. La posibilidad de dejar plasmado en él una parte de su trabajo le resultaba excitante, ya que el parque había cambiado algunas cosas en su vida y ahora ella haría lo mismo con el parque; dejaría en él una estatua que perduraría como solo la piedra labrada puede perdurar.

Trabajó por meses en la figura monumental del guerrero con mucha emoción, se sentía llamada a poner especial esmero en ese proyecto, en los músculos tensos de aquel semidiós de la guerra, en su pecho desnudo, las fuertes manos sosteniendo un arco flechero que apretaba contra su cuerpo, en las facciones indígenas de su duro rostro y su cabellera, todo ello representado en una monumental figura de dos metros.

Estaba previsto que la escultura se inaugurara el 12 de octubre de 1962 para conmemorar el día en que Colón avistó tierra americana, pero el ministro Guillermo Lang decidió posponerla hasta abril del siguiente año para hacer coincidir la develación del monumento con el 350 aniversario de la encarnizada batalla entre Diriangén y las tropas de Gil González Dávila. Edith comprendía los motivos de posponer la inauguración, de hecho, los compartía, pero había quedado tan satisfecha con la obra que la impaciencia y la vanidad le ganaron la partida, y organizó una fiesta privada en su casa de Montoya para mostrar a los invitados la gigante figura del cacique. Aquella noche había sido de una magia imborrable y a la vez de un sabor agridulce. Fue una noche entre amigos y familia, no había ningún representante del gobierno. A Edith le parecía que la gente del Distrito Nacional podría no estar contenta con una, por muy modesta que fuese, preinauguración del monumento. Su taller era amplio y de alto techo, era una galería de esculturas cubiertas por anchas sábanas. Los invitados platicaban amenamente, entre grandes promontorios misteriosos cubiertos por tela, ante la figura del guerrero indígena, alabando el talento de la escultora, maravillados y brindando por ser los primeros en ver algo que en poco tiempo sería parte del paisaje urbano de la ciudad, como ya otros trabajos de Edith lo eran desde hacía años.

La escultora se sentía feliz, recibía gustosa los halagos y se vanagloriaba en ellos, hasta que llegaba alguien, siempre llegaba ese alguien que le decía que no podía creer que siguiera en Nicaragua, que ella estaba destinada a las galerías europeas, que cómo era posible que no hubiese perfeccionado sus estudios en Italia o Francia. Al parecer, para algunos, sus dos años en México y sus dos años en Nueva York no eran suficientes para validarla como la escultora nacional que los medios habían bautizado. Edith callaba, conocía la respuesta en su interior, la conocía desde que estaba en Nueva York, desde que, herida de nostalgia, buscaba refugio en el frío oasis de Central Park y sentía que el cielo, profanado por edificios, era algo que no le pertenecía. Extrañaba la brisa tropical de Nicaragua, pero aún más a su familia, esa debilidad por sus padres y su hermano representaba un ancla pesada que nunca la dejaría despegar hacia otras latitudes. No podía alejarse de ellos, irse lejos de lo que su padre había luchado tanto por mantener unido, la bonachona figura de Vilhelm, la tibia cara de Sofie, la complicidad de Niels. Estaba condenada a ser parte indisoluble de ellos, se sabía consciente de que lo único que amaba más que a la escultura era a su familia primaria. Lo supo al regresar de Nueva York, al retomar el calor de Managua: nunca se iría de ahí, nunca cruzaría el Atlántico de nuevo, todo lo que una vez había tenido ahí lo había abandonado cuando era una niña de seis años.

Quiere ver a Niels y a Gloria, que vayan por ella al aeropuerto, son lo único que le queda en Managua, de ellos han nacido sus sobrinas y de sus sobrinas otras sobrinas, son una familia que se expande con la vida y que solo la muerte ha logrado separar. Se pone de pie para estirar las piernas.

«Nos vamos a morir esperando este avión», dice alguien con voz desesperada a su espalda. Sin voltearse, Edith sabe que para ella hay algo de verdad en esas palabras.

16

Después de la visita repentina de Sara, luego de haber visto el temor reflejado en los ojos saltones de su amiga, Edith se dedicó constantemente a pedir un espejo. Ni sus padres ni los médicos creían prudente la idea de que la muchacha contemplara su rostro amoratado e hinchado, el cabello rapado y los metales sobresaliendo de su mandíbula. Por momentos Edith parecía olvidar la idea y luego de forma intempestiva estallaba en llantos pidiendo de vuelta un espejo. La impotencia la mataba, el cuerpo adolorido le impedía levantarse, escabullirse por los precarios dos salones de la enfermería y buscar su reflejo en alguna superficie cristalina. Era su rostro y le era negado.

Influida por las historias de su madre quería tener de nuevo seis años, quería zarpar de Liverpool, y ver su rostro en el mar, su rostro intacto e iluminado de inocencia, sus dos trenzas y su muñeca de vestido pulcro que contrastaba con las caras ya demacradas y tristes de algunos daneses que les acompañaron en la travesía. Edith quería volver a ese viaje, a la seguridad de la muñeca, a sentir que ese ser de trapo dependía de ella, que algo en el mundo le pertenecía y ella tenía el poder de resguardarlo, quería volver a tener el poder sobre algo, pero encima de todo, quería volver a tener poder sobre ella. No le importaría de nuevo pasar aquellos dos días en una pensión sucia de Liverpool, durmiendo entre cucarachas, esperando la fecha en que el barco zarparía.

Vilhelm y Sofie se esforzaban por narrarle con detalle a la hija los días del viaje, lo cual parecía tranquilizarla a veces, e inquietarla en otras ocasiones; de cualquiera de las dos formas la mantenía distraída de lo que pasaba en el hospital. Parecía estar cada vez más interesada en la historia, en saber qué pudo ser diferente, al revivir la travesía abandonaba las paredes de la enfermería y volvía a un tiempo en que todo estaba intacto para ella y todo era incertidumbre para sus padres.

El barco que los daneses tomaron en Liverpool era el transatlántico que los llevaría a América. Pasaron dos malas noches de insomnio pensando si habían hecho lo correcto, si esto era realmente lo prudente para la familia, pensando en la posibilidad de quedarse en Europa, posibilidad que se desvanecería una vez que subieran a ese barco. Los esposos hablaron mucho en la oscuridad de aquella pensión, los niños dormidos, los cuatro en la misma cama y solo las voces de Sofie y Vilhelm en la penumbra, entre murmullos, preguntándose cosas y dándose seguridad. No estaban solos, otras cien familias les acompañaban, les darían las tierras, vivirían en una pequeña burbuja danesa, había que hacerlo, tomar valor, ya habían dado el primer paso. Si Niels o Edith habían escuchado algo de aquellas conversaciones durante esas dos últimas noches inglesas, se había perdido para siempre en la espesura del sueño.

Tomaron el barco, zarparon hacia el sur bordeando la costa inglesa, y luego bordeando Francia por Saint-Nazaire y La Rochelle. Francia les pareció una línea horizontal plagada de monotonía, un mundo del que tanto habían escuchado pero que para ellos, sobre cubierta, solo era una línea lejana por encima del mar. Fueron días de tranquilidad, la luz de agosto caía tersa sobre la interminable sábana de agua y una tibieza reconfortante en comparación a Copenhague comenzaba a sentar bien en Sofie. Edith jugaba con la muñeca y con otras niñas danesas que se habían propuesto aprender a decir la palabra *Nicaragua* sin trabarse en el intento y se reían con cada error. Niels había sufrido de náuseas fuertes los primeros dos días, pero todo se había aliviado mientras navegaban por el noroeste de la península española. Vilhelm se sentía abrumado, hablaba mucho con los otros hombres, hacían cálculos, especulaciones, afirmaciones, el barco de pronto se sentía pequeño. Estaban a punto de hacer una breve escala en Vigo, la cual Vilhelm esperaba con ansias, pues quería comer algo que no fuera de la cocina del barco y estirar las piernas en tierra firme, antes de cruzar el Atlántico y su inmensidad de una vez por todas.

Por las madrugadas, cuando había silencio en la tiniebla del hospital, Edith recreaba la historia que los padres le narraban, volvía a hacer el viaje ella sola, llenando con la imaginación lo que le era negado con el recuerdo. Se quedaba dormida, cerraba su ojo y se dejaba caer en el limbo absoluto del sueño. Despertaba con fuerzas recobradas, amistosa con las personas que le atendían. El personal empezaba a notar que el estado de ánimo de la muchacha influía en su recuperación, no se acostumbraba a las incomodidades del hospital, era la sanación de su cuerpo lo que las rechazaba.

Cada vez que se le cambiaba el vendaje sucio del ojo se notaba menos filtración de sangre y mejor cicatrización. Mientras limpiaban la herida Edith debía mantener el ojo cerrado en todo momento. Después de algún tiempo había llegado la hora de retirar las suturas y dejar que la muchacha abriera el ojo por primera vez desde el accidente. El procedimiento se hizo de noche y a la luz de unas velas, ya que no era prudente que la luz del sol diera directa en el primer momento que Edith expusiera la pupila, era mejor hacerlo en la oscuridad y que el nervio óptico fuera poco a poco recobrando su fortaleza. Sus padres estaban presentes, Edith pudo contemplarlos en su totalidad a la luz de las velas al momento de abrir dificultosamente y con cierto temor el párpado dañado. Durante los primeros días le costó mantenerlo abierto, pero poco a poco fue recobrando su estado natural. Les resultaba sorprendente que la herida hubiese sanado de esa manera, estuvo a punto de perder el ojo y el párpado estaba casi completamente desprendido cuando la ingresaron, y ahora sus dos pupilas brillaban cristalinas y apenas se notaba lo decaído del párpado afectado, solo era evidente cuando Edith intentaba reír, pero todos pensaban que eso sería lo de menos, la muchacha tenía la fuerza de la risa en ella, ¿qué podía ser un ojo gacho en contra de ello?

Las subsiguientes semanas, y gracias a tener el ojo liberado, Edith fue mejorando, las visitas de sus padres y de amigos de la familia empezaban a fluir ahora que la cara de la muchacha, salvo por los metales mandibulares, no representaba un mal espectáculo. Los moretones se habían desvanecido y la silueta de su rostro había retornado a ella abandonando toda hinchazón. Incluso habían llevado por primera vez de visita a Niels para que pudiera darle fuerzas a su hermana. Edith había llorado de emoción al ver a su hermano, y las enfermeras habían quedado enamoradas del pequeño danesito vestido de pantaloncillos y casquet. Niels la vitalizó, había sido la carga de energía más fuerte que había recibido en todo el tiempo que llevaba convaleciente. Se sentía tan contenta que incluso había empezado a intercambiar clases de danés por clases de inglés con uno de los médicos militares. Cada mañana se intercambiaban cariñosos los *hello, good mornig, how are you?*, por los *hej, godmorgen, hvordan er du?*... El médico procedía a examinar los metales con manos toscas y a la vez llenas de cuidado, le regalaba una sonrisa, y en una de esas tantas mañanas le había dicho que muy pronto estaría lista para removerle los metales. La noticia había sido un total alivio, Edith se había sentido como pudo haberse sentido su padre antes de hacer aquella lejana y pequeña escala en Vigo cuando venían rumbo a este continente: de pronto el improvisado hospital le pareció estrecho y deseaba estirar las piernas fuera de él, antes de por fin aventurarse al gran océano de su porvenir.

17

1955-1956

Luego de haber revivido la historia que alguna vez los había unido, trabajar se volvió más fácil y a la vez más incómodo, había más silencios de parte del modelo que ayudaban a que Edith pudiese trabajar con mayor calma. Durante días, entre el silencio solo se escuchaba arder la brasa del cigarrillo de Edith siempre puesto en boca mientras los martillazos resonaban violentos en el taller. Las intervenciones de Sosa se habían hecho cada vez más esporádicas durante los siguientes días. El muchacho, apenado por haber sido el confidente de la truculenta historia que unía a escultora y modelo, evitaba acercarse al taller. Poco a poco, en las subsiguientes semanas Edith y su modelo fueron retomando el habla con total naturalidad. Si algo tan fuerte como lo que habían atravesado cuando eran jóvenes no había logrado mermar su amistad, tampoco lo haría una simple plática sobre lo ocurrido tantos años después.

La forma del soldado empezaba a notarse, a vislumbrarse entre el bloque de piedra bolón; una figura humana, poco a poco y por las manos de Edith, empezaba a surgir desde la piedra. Cada día tenían sesiones de alrededor de cinco horas en las que trabajaban de manera ardua y tan solo se detenían a almorzar. Edith no abandonaba el cigarro durante la comida y daba hondas bocanadas de humo entre bocado y bocado. Luego el modelo abandonaba el taller, pedía un par de cigarrillos a la escultora y se iba tras sus pasos dejando atrás a Edith y la escultura en proceso cubierta bajo una gruesa sábana.

Hacía años que Edith no sentía ese ímpetu de disciplina tan riguroso en su trabajo. Curiosamente, la última vez que sintió de forma tan potente el llamado de su escultura también tenía que ver con Bill, justo después de haber terminado su relación con él. Pasó por un periodo de inactividad en el que estuvo en cama, padeciendo su decepción amorosa con las entrañas, levantándose solamente cuando la náusea la impulsaba a hacerlo. Había llegado a una resolución única que podía sacarla de ese estado, de ese letargo doloroso del cual no habían podido rescatarla Vilhelm, Sofie y Niels: tenía que mantenerse ocupada, tenía que evitar que su mente quedase inactiva y se volviera trinchera del recuerdo de Bill, así que dedicó los meses siguientes a hacer lo que mejor había aprendido a hacer en la vida: retomar con ahínco la escultura, dedicarse en cuerpo y alma a sus estudios en la Escuela de Bellas Artes. Pasaba más horas de las requeridas en la escuela, estudiando todo lo que podía, quedándose mucho rato después de que sus compañeras se hubiesen marchado. El profesor Amador Lira abandonaba su semblante severo y el halo de arrogancia que lo precedía en fama, y una vez que estaba solo con Edith su rostro se suavizaba y sus palabras se envolvían de una ternura melosa, se quedaba por voluntad con su alumna y las clases se volvían particulares, le hablaba de la vida, de sus estudios fuera de Nicaragua, de escultores famosos que había logrado conocer, fumaban interminables cigarrillos y volvían a los modelos, luego a más conceptos teóricos y luego de nuevo a los cigarrillos. Amador Lira había aprendido a ver en

Edith todo lo que él consideraba necesario en un alumno: la pasión clara, la determinación, pero sobre todo la ardua dedicación que lo perfecciona todo, nada de distracciones, solo estudiar con los ojos y sangrarse las manos. Edith de cierta forma le recordaba a él mismo a esa edad, tal vez por eso cuando estaban solos la trataba con la especial ternura que nunca expresaba en público. Con sus otros alumnos perdía los estribos, sus ojos se volvían fuego tras de sus anteojos de moldura gruesa, era intolerante ante la indisciplina, podía soportar la falta de talento, pero se desesperaba ante un alumno perezoso, falto de interés... por eso Edith se había vuelto su pupila, en ella descubría el talento en estado puro junto a la voracidad por el conocimiento y la práctica ardua y sin tregua.

Lo único que por aquellos días pudo sacarla de sus cavilaciones escultóricas fue el anuncio del matrimonio de Niels. Desde hacía algunos años su hermano apoyaba arduamente a la familia con el mantenimiento de El Espadillo, pasaba largas temporadas en la finca, atendiendo a los animales y supervisando a los empleados que se hacían cargo del vasto terreno. El joven, alto y rubio, cabalgaba cada semana a Nagarote a tomar un descanso de su rutina y reunirse con amigos, y fue ahí donde quedó prendado de Gloria Gallo, una joven de diecisiete años que se había resistido, tímida al principio, a sus intenciones de galán dorado, pero que más temprano que tarde había comenzado con él un intenso y fugaz noviazgo que terminó en la boda de ambos en enero de 1943.

Después de la boda Vilhelm pasó a tratar a Gloria realmente como a una hija más, como a una hija predilecta; se sentía contento con ella, la mimaba de manera constante y Gloria se rendía a todos los cuidados del suegro. Era una joven acostumbrada a todas las atenciones posibles, todas las que su belleza y su larga cabellera negra, tan distinta a la de los Gron, le habían brindado desde siempre en Nagarote. Edith solo fue recelosa al principio, más que molestarle el hecho de que en apariencia su padre la desplazaba, lo que realmente hacía que Gloria no terminara de calzar en ella era precisamente el desconocimiento hacia su persona. ¿Quién era esa niña, diez años menor que ella, que se había comprometido a ser la parte más importante en la vida de su hermano? Al principio hablaba con ella con cierta cautela, sentía que la diferencia de edad era un abismo que le resultaba difícil de sortear. Prefería mantenerse al margen y dejar que poco a poco aquella criatura, tan unánimemente hermosa, se ganara también un lugar estimable en su vida.

Mientras Edith abandonaba a su suerte la historia de su hermano y Gloria y, aún más atrás, el idilio con Bill, volvió a concentrarse en sus estudios. Unos meses después de la boda el profesor Amador Lira anunciaba que, resultado de la primera exposición colectiva de los alumnos de la escuela, en la que trabajarían los siguientes meses, se otorgaría el primer premio en el Concurso de Arte Rubén Darío. La idea de trabajar en la exposición ya era una emoción latente en los alumnos, era la primera vez que un trabajo de cada uno de ellos sería expuesto al público. Edith venía muerta de nervios desde que se había hecho el anuncio y no paraba de idear con qué obra podría participar. A esto sumaba ahora un premio nacional con el que nadie contaba. Edith, inquieta, intentaba tranquilizarse pensando que aún tenía tiempo para planear su obra.

—¿Te acordás de la escultura con la que gané el Concurso Nacional Rubén Darío? —pregunta Edith a Bill, que, pétreo, modela con un cigarro encendido entre los labios. Bill, cuyo tórax de boxeador, aún sólido, ya se moldea en la piedra de la escultora, entrecierra los ojos como buscando entre sus recuerdos o molestándose por el humo en la cara.

—¿Una de un perro muerto? —pregunta dudoso—. ¿Esa fue?

—No era un perro muerto.

Cuando la exposición abrió a mediados de aquel año en los salones del Palacio Nacional, y Edith por primera vez tuvo que vestirse elegante para una inauguración, toda su familia fue a ver el trabajo que Edith les había venido ocultando, una mediana escultura en escayola, confundida entre las demás obras de sus compañeros. La escultura recreaba una escena que Edith había visto en una calle destruida de Managua luego del terremoto de 1931; un hombre acostado, muerto, la rigidez y a la vez la sensación de que el movimiento acababa de cesar en él estaban presentes en la figura del joven. Junto al cadáver, un perro sin raza definida aúlla al cielo; quien se acerca podría jurar que el aullido de dolor por el compañero muerto se puede escuchar salir de su hocico. A Gloria, de entre todos, fue a quien más le gustó, y ahí Edith tuvo la primera buena señal de su cuñada, pero también la certeza de que ganaría el concurso.

—Es cierto, era el hombre el que estaba muerto —dice Bill rectificando.

—Se llamaba *Amo muerto* —rememora Edith dejando las herramientas por un cigarrillo—. Aún hoy, a veces pienso que esa obra cambió mi vida. Cuando anunciaron que yo era la que había ganado sentí que ya nada iba a poder ponerse en medio de lo que quería, que lo había conseguido todo, que ya era una escultora hecha y derecha.

—Estabas lejos de eso, amorcito.

—Muy lejos —dice enredando palabras en el humo—, pero esa esculturita me iba a abrir puertas que me iban a llevar hasta estar aquí con vos haciendo este Andrés Castro.

—Después de eso fue que te me fuiste a casar a México, ¿verdad?

Edith resopla melancólica, pareciera recordar frente a ella la primera vez que desde el avión vio la Ciudad de México extenderse como algo jamás visto.

—Sí —responde—, después de eso fue México.

18

1989

Nunca antes a Edith le había parecido más luminoso el rostro de una persona que el de la empleada de la aerolínea que se acercó a la pequeña multitud varada para anunciar que la aeronave estaba lista para ser abordada. Un murmullo de alivio se apodera de todos, se levantan, desfajan sus ropas, recogen sus maletas y con más prisa que paciencia siguen a la muchacha. Edith se queda sentada, espera que la sala se desahogue, no quiere verse atrapada en el torbellino de gente, tiene miedo de que el más leve empujón la tumbe. Cuando solo unos pocos, que han hecho lo mismo, quedan en las sillas, busca en su bolso la mascarilla de cirujano que el doctor Camacho le ha dado y la cual le ha indicado que debe usar durante el vuelo para evitar cualquier posible infección en el espacio cerrado del fuselaje. Se la coloca sobre la boca, se levanta y sigue a los demás.

Afuera, en la pista, el asfalto hierve y un viento fuerte y caliente envuelve a los pasajeros. A pesar de ello, Edith se cubre la mascarilla con una bufanda, con un poco de vergüenza, lleva lentes oscuros que la protegen del sol de mediodía, y respira agitada por el esfuerzo que ha representado caminar desde la sala hasta la pista. Frente a sus ojos, mientras ensamblan la escalera de abordaje, se extiende amplia la aeronave que habrá de llevarla a Managua. Siempre le han sorprendido los aviones, piensa

que a todo el mundo le sorprenden, las personas conside-
ran que es antinatural que algo tan demoledoramente pesado se sostenga liviano en el aire, pero a ella le sorprenden
por otro motivo: siempre le han atraído sus diseños, esas
trompas estilizadas con ventanas como ojillos de ave, las
amplias y majestuosas alas, y el largo fuselaje que termina
en esa cola erecta y desafiante. Siempre le han parecido el
abstracto de un pájaro, siempre ha relacionado los aviones con *El pájaro en el espacio* de Brancusi, el maestro al
que toda la vida hubiese querido seguir. La corriente abstracta, en su disciplina, es algo que Edith ha practicado
casi en secreto a lo largo de su vida artística; siempre pensó en el abstracto como el verdadero camino al cual debió
dedicarse, pero había considerado que en ella faltaban las
herramientas y el talento.

Para ella el arte abstracto, la obra hecha con conocimientos y no por casualidad, era cosa de genios, era esen-
cia, como una historia hecha con un solo trazo o un golpe
de cincel, era la simplificación limpia de todo recargo, de
todo adorno barato. Como ilustración de esa idea siempre pensaba —como ahora frente al avión— en la obra de
Brancusi, que expresa todo lo que es el vuelo, el deseo
de evadirse en el espacio, de liberarse.

Cuánto hubiera querido dedicarse a esas obras suyas
que pueblan el taller en la casa de Montoya, y ante las
cuales sus seguidores, tan acostumbrados a sus magnífi-
cos próceres sobre pedestales, se quedan perplejos y con-
fusos, sin entender nada. Pero no era la opinión de sus
admiradores lo que hacía que se retrajera de labrar lo que
le dictaba su conciencia artística; era el hecho de que sentía que ese arte la superaba, y se sentía atada a lo que sus
capacidades podían labrar con esplendor. Nunca hubiera
podido proponer un monumento enmarcado en las van-

guardias que siempre había admirado para adornar una avenida en Managua, ya que siempre querían de ella lo que mejor sabía hacer, esas magníficas figuras que duplicaban la realidad con precisión y maestría. Solo en una ocasión se había sentido totalmente libre, en 1963, cuando la Cruz Roja nicaragüense le comisionó un monumento a Henri Dunant, fundador del movimiento y acreedor del Premio Nobel de la Paz. Querían un monumento que denotara la grandeza del fundador y a la vez la labor que por tantos años realizaba en el mundo la Cruz Roja. Confiaron enteramente en Edith y su criterio.

La escultora realizó una monumental figura de dos hombres en una sola dimensión, casi geométricos, difíciles de distinguir a primera vista, en la cual uno auxiliaba al otro mientras la cruz distintiva de la institución se erguía a sus espaldas. Más por temor que para intentar complacer a quienes tildasen la obra de incomprensible, o peor aún, de fea, Edith esculpió una efigie clásica del perfil de Dunant que estaría en la base del monumento sobre la placa. Nadie se había quejado, la escultura había sido del agrado de los directivos que habían confiado ciegamente en Edith desde el primer momento, y ella había podido hacer un pequeño gran homenaje a los maestros que siempre quiso seguir. Miraba defectos en la escultura, como siempre los miraba en todo lo que hacía, pero eso le pareció en aquellos momentos lo de menos. Sin saberlo entonces, piensa mientras sube las escaleras hacia el interior de la nave, ese sería uno de los últimos proyectos de gran envergadura que realizaría en su vida. Si bien no le pareció gran cosa el cansancio y la falta de aire que le representaba un trabajo tan grande entonces, la sombra de la enfermedad ya rondaba cerca de ella. Esa sombra que habría de seguirla por tantos años.

Una de las encargadas de tripulación conduce a la anciana a su asiento, elige una ventanilla. Dentro del avión hace más calor que afuera. Edith asoma la vista y ve cómo el viento ardiente mece los árboles más allá de la pista. No puede dejar de comparar el clima de San José, de nuevo piensa que Managua será un infierno, pero será el infierno apacible donde ella encuentre la tranquilidad que lleva meses buscando. Piensa en su casa, en la compañía de Gloria, y mientras sonríe bajo la mascarilla, piensa en el cuaderno de bocetos que ha dejado sobre la cama.

19

1931

La familia Gron respiraba aliviada, pronto Edith podría
salir de la monotonía del hospital y volver a casa, regresar
a su entorno y todo lo que era conocido para ella; podría
de vez en cuando, incluso, ir al parque, con mucho cuidado, acompañada de alguien. Habían anunciado que se iba
a casa, pero no que se librara de los metales, esos aún se
quedaban con ella algún tiempo. En cuanto al resto de su
cuerpo, los músculos atrofiados y los dolores menguaban
cada vez más, al punto que los golpes poderosos del accidente se habían convertido en pálidos cardenales amari-
llentos. Pronto se libraría de la pesadez del hospital, una
pesadez que también compartía con sus padres que desde
el día del infortunio se quedaban largas jornadas diarias
haciéndole compañía, viéndola dormir. Sin poder hablar
con nadie sin la presencia del traductor, la aquejaba una
larga espera por el día de poder salir, la cual semejaba las
semanas de mar y más mar que habían vivido en agosto
de 1923.

Luego de semanas de océano, el agua y su inmensidad
pierden su encanto. Era cierto que se habían aventurado
hacia el azul desconocido con gran emoción una vez que
zarparon definitivamente de Europa, pero luego de días
interminables, de mareos, de vómitos propios y ajenos, de
mala comida, el mar había perdido la gracia del principio.

Pasaban la mayor parte del día sobre cubierta, Sofie con los niños y Vilhelm con otros hombres, siempre planeando la llegada a Nicaragua. Iban cambiando de posición conforme el sol los alcanzaba y por la noche dormían apretados en un camarote demasiado pequeño que compartían con otra familia cuya hija, de la misma edad de Edith, se había convertido en la única persona a quien la niña confiaba su muñeca por algunos minutos. Se sentían cansados, flacos, añoraban la comida de casa preparada por Sofie, un plato caliente de *hakkebøf med løg*, o un pato relleno de manzana. ¿Habría manzanas en Nicaragua?

El sarampión brotó días antes de divisar tierra cubana, la primera tierra americana que estaban destinados a pisar, solo por unos días para reabastecerse. Al principio había sido un brote de fiebre entre algunos de los niños a bordo y todos pensaron que a medida que se acercaban a aguas tropicales, las defensas de los pequeños empezaban a verse afectadas, pero más tarde, cuando en adultos y niños a la vez empezaron a aparecer erupciones cutáneas por igual, entendieron sin duda que se trataba de un brote del virus.

Vilhelm y Sofie protegían a Niels y a Edith a toda costa. Por esos días no les permitieron tener contacto con nadie y durmieron sobre cubierta para evitar los espacios cerrados que pudiesen afectarlos; cualquier persona que tuviera aunque fuese un leve enrojecimiento de los ojos era motivo para alejarse a otra parte del barco. Se sintieron felices de poder llegar a Cuba en pocas horas. Cuando vieron aparecer en la distancia la línea de tierra de la isla, querían desesperadamente bajar, buscar una pensión y tomar un largo baño, comprar alguna ropa nueva de ser posible, recabar provisiones un par de días antes de zarpar de vuelta en el barco. Era todo lo que querían.

Una vez en La Habana la noticia fue demoledora para todos: debido al brote de sarampión las autoridades cubanas no permitirían que las personas desembarcaran. Se quedarían anclados a puerto y prisioneros dentro de la embarcación. Solo la tripulación tenía permiso de entrar y salir a gusto para cumplir las diligencias de los pasajeros. Se les llevó comida y atención médica para niños y adultos. Por días, hasta que el brote no estuviese medianamente controlado y el barco lo suficiente reabastecido, no zarparían en busca de la ciudad de Colón, su próxima parada en Panamá.

Edith no recuerda si sabía qué era el sarampión, pero recuerda la tristeza de no poder tener contacto con nadie más que con su familia, no recuerda que en esa estancia, varados en La Habana, había sido la primera vez que había escuchado el castellano, una lengua que por el resto de sus días se convertiría en la suya. No recuerda que dentro del barco apestado sus padres agradecían que, al menos de entre todos los males, ninguno de ellos había sido contagiado. Edith, tendida en el hospital, solo piensa en que pronto volverá a casa, no recuerda que a sus seis años vivió un encierro similar. Edith solo sonríe, ya nada recuerda de sus llantos, de su pequeña compañera de camarote de quien los Gron tuvieron que apartarse, brotada de granos y con los ojos rojos y acuosos, a la que cedió, como símbolo infantil de despedida, aquella muñeca ya sucia por el viaje, que nunca más volvería a ver.

20

1955-1956

Sola. Sentada en el estudio. El techo alto hace que el aire circule con las ventanas abiertas de par en par. Recostada sobre la pared, en el banquillo que utiliza para trabajar. En las paredes hay nichos llenos con figuras que ha esculpido. Pares y pares de ojos de bronce, de barro y de piedra la ven, ojos que pertenecen a figuras de sus sobrinas, a quienes escucha jugar alegres en la sala contigua, ojos de Rubén Darío, de Simón Bolívar. Ella solo clava la atención en uno, en la figura de Andrés Castro. Enciende un cigarrillo, inhala y contempla, pasa la vista acusadora ante la figura humanoide que ya se forma y va emergiendo de lo que antes era un bloque tosco y pesado de piedra sólida. Nota tantos defectos, como siempre, ve las proporciones discordantes, la postura exagerada, la mano del soldado que sostiene la piedra con tanta fortaleza le parece inverosímil.

Tocan a la puerta.

—Pasá —le dice a Sosa, no puede ser nadie más.

El joven asoma la cabeza al estudio.

—La buscan, niña Edith.

—¿Quién?

—Uno de los muchachos del Goyena, Roberto Sánchez.

Edith se inquieta, lleva meses evitando a los estudiantes, se pone en su lugar, deben de estar nerviosos pensando que ha abandonado el proyecto al cual la han comprometido. No tiene más remedio.

—Ayudame a cubrir la estatua y decile que pase.

Se ponen manos a la obra. Entre ambos cubren la figura ya visible de Andrés Castro con una de las mantas oscuras que Edith siempre tiene a mano en el estudio. Sosa sale y un minuto después entra con el estudiante. Al verlo, Edith le saluda con familiaridad, con el cariño que genuinamente ha ganado para ellos en tantas pláticas al principio del proyecto. Roberto es corpulento, sin duda el más apuesto de la clase y el más entusiasta desde que le propusieron el trato a la escultora.

—Qué lindo verte, Roberto. —El muchacho se acerca, le planta un beso en la mejilla, y hasta ese momento se da cuenta de cuánto le ha hecho falta el fuerte olor a cigarrillo aprisionado en el cabello de la escultora.

—No nos vemos porque no quiere, doña Edith, no es la primera vez que paso y no me atiende, y no soy el único de la clase.

—Mil perdones, Roberto. Yo les expliqué, cuando me meto en algo me concentro, no puedo enseñarles la obra en proceso, me dirían cosas que harían que cambiara el plan que yo ya tengo en la cabeza.

—No, pues yo la entiendo, pero —Sánchez titubea— los chavalos están inquietos. Al menos dígame cómo va con la estatua. —Al escucharle Edith camina hacia el misterioso montículo cubierto por la manta.

—Muy bien, la verdad —dice dando dos palmadas a la escultura oculta.

La emoción en la cara del estudiante es evidente.

—Desde ya te digo que no puedo enseñártelo, pero quiero que vos y el resto de los muchachos estén tranquilos, la inauguramos en septiembre, el día del centenario de la batalla. De eso podés estar seguro.

Aunque por dentro Roberto se decepciona, no muestra señal de debilidad ante Edith. Le dice que no hay problema con ello, que él, la clase e incluso el bibliotecario Fonseca confían en la calidad de su trabajo, que lo único que les ha preocupado durante estos meses es el avance de la obra con respecto al día programado para la inauguración, pero que si ella les asegura que todo va en orden, todos pueden estar tranquilos.

Edith le invita a salir del estudio y pasar a la sala, hay refresco de tamarindo para el calor. Por mucho que Roberto quisiera seguir hablando sobre la estatua, preguntando cada ínfimo detalle de su elaboración, el estudiante se abstiene, entiende y respeta las reglas de Edith. Se queda tranquilo, sorbe su refresco, saluda a Margarita y Esperanza, las niñas son tan rubias y tan blancas que Roberto tiene la impresión de que podría ver a través de ellas a contraluz.

Es Edith quien lleva la conversación, la dirige a temas informales, cotidianos, le hace preguntas de sus clases, de su futuro luego del colegio, el tipo de preguntas que haría una tía que ha llegado de visita después de una larga ausencia. La escultora encuentra fascinante al joven, lleno de vivacidad. Disfruta con la plática y al despedirle en la puerta le pide dar sus saludos a la clase. Sánchez comprende que es su forma de reafirmarles que no hay de qué preocuparse con el proyecto que han emprendido en conjunto.

Lo ve alejarse, va lleno de futuro, pronto dejará el colegio y una vida que desconoce pero que hará suya vendrá obligatoriamente, el mundo le será inmenso, como lo fue para ella la primera vez que partió de Nicaragua con rumbo a la Ciudad de México y aquel valle milenario plagado de concreto se abrió infinito ante sus ojos desde la ventana de su avión.

México había llegado por parte de Amador Lira, después de que Edith resultó ganadora del Concurso Nacional Rubén Darío. El profesor sentía que todo lo que estaba a su alcance para el desarrollo artístico de Edith había alcanzado una cumbre que él ya no podría superar. Miraba una y otra vez la escultura de *Amo muerto* y se sentía conmovido no solo por el drama representado por Edith en la pieza, sino por los detalles técnicos de la escultura en un material tan rústico y poco moldeable. Sabía que bajo esa pieza dormía la mano de alguien que había nacido para las figuras, para la escultura. Estando en el mismo estudio donde se vieron por primera vez unos años atrás, cuando Edith apareció con su mirada tímida siendo una muchacha recomendada para la recién inaugurada Escuela de Bellas Artes, Genaro le dijo sin preámbulos que su formación en Nicaragua estaba hecha, que lo que el país podía ofrecerle en términos artísticos era muy poco para lo que un talento en ciernes como el suyo ameritaba. Le habló de México, de la riqueza artística del país, le habló de la Academia de San Carlos, ella podría estudiar ahí, en el centro histórico de la Ciudad de México, en esa academia fundada a finales de los 1700; podría ser alumna de Fidias Elizondo, él podría recomendarla y estaba seguro de que la aceptarían sin problemas. «México no está lejos, Edith, no te quedés acá, en este país el talento no se ve, no se entiende, se marchita», le había dicho. También Mario Zamora, compañero hondureño bajo la tutela del profesor Genaro, estaba próximo a partir a dicha academia azteca.

Los Gron tomaron la propuesta del profesor Amador Lira con resignación estoica, sepultando bajo la alegría el dolor que representaba separarse de Edith por primera vez en sus veintiséis años de vida. Vilhelm, Sofie, Niels e incluso Gloria estaban felices y sorprendidos de todo lo que Edith estaba logrando en su vida, todo lo que vendría para ella, para la niña que hacía figuritas con el lodo rojo de El Espadillo. Sofie llorando en danés la comía a besos como cuando era una pequeña, Vilhelm contenía lágrimas y le daba recomendaciones de supervivencia, y Niels, abrazado a Gloria, solo sonreía orgulloso de su hermana, él ahora estaba casado y ella viviría también otra vida. Así que ese mismo 1943, gracias al profesor Genaro y a su talento, Edith se despedía del resto de los Gron y tomaba un avión por primera vez en su vida.

Desde los primeros días México le pareció un vasto océano que jamás pensó descubrir por sí sola; las calles, las avenidas y los edificios no tenían nada que ver con la Managua que apenas diez años después se recuperaba de la destrucción total. Había visto en fotos y en libros muchas cosas, pero ver la altura de las construcciones la deslumbró con una fuerza que desconocía y que terminaba por marearle. Caminaba con la mirada abajo y se escapaba a los museos que, desde entonces, supo que no le alcanzaría la vida para recorrer. Lo más excitante había sido su nueva escuela, la Academia de San Carlos, un edificio neoclásico en el centro histórico de la ciudad, a unas cuantas calles del Zócalo, con un interior tan amplio y deslumbrante que Edith no pudo evitar llorar al tomar conciencia de que ese lugar, cargado de siglos de historia, sería su nueva escuela. La imponencia de la academia, en lugar de reducir en su mente la Escuela de Bellas Artes en Managua, la hizo enternecer de amor por aquella pequeña casa cerca del Xolotlán, mantenida por el esfuerzo de algunos pocos que, como ella ahora, habían visto maravillas que Nicaragua no había conocido. Al ver las esculturas de alucinante envergadura que adornaban los pasillos sintió cómo su corazón se inflamaba de afecto por sus antiguos compañeros, por Saravia, y por la mano candorosa de Genaro Amador Lira guiándola al mundo que ahora se posaba frente a ella.

Pronto vendrían las nuevas amistades, colegas a los que los unían el interés y la curiosidad artísticos, amigos con los que vendrían innumerables noches en vela en los bares del centro histórico, personas que luego de la academia solo podían hablar de la academia, escultores y pintores de un talento que Edith no había visto jamás. Todos se interesaban en ella, y era la primera vez que se sentía completamente nicaragüense. Todos sus compañeros tenían una curiosidad exacerbada por Nicaragua, por Rubén Darío y por Sandino, se interesaban por las políticas de la dictadura de Somoza, nunca habían conocido a un nicaragüense antes, y Edith, que de alguna forma siempre se había sentido fuera de lugar en Nicaragua, diferente hasta cierto punto, terminó de reafirmar con toda seguridad que pertenecía a ese país pequeño y empobrecido, y que Dinamarca solo era un lejano y borroso sueño del que le hablaron alguna vez. Tal vez por la afinidad centroamericana y su previa relación académica en Managua, Edith entabló principal amistad con Mario Zamora Alcántara, que ya era, al igual que ella, una promesa escultórica a la que todos prestaban atención. Con Mario conoció más de lo que había detrás de cada edificio, monumento y museo en la Ciudad de México. Cuando hablaba, los compañeros escuchaban atentos como si se tratara de un profesor adicional fuera de la academia, aunque en realidad fuera un compañero más.

Edith rememoraba esos días en la Academia de San Carlos como algunos de los mejores de su vida. El tiempo había hecho que la nostalgia por Nicaragua que la invadía mordaz en ciertas ocasiones viviendo allá se desvaneciera y solo quedara lo más valioso de los recuerdos. A veces la memoria tiene la facultad de llenar todo de luz y empujar la sombra de la tristeza vivida como si nunca hubiese existido.

Mientras mira alejarse a Roberto Sánchez piensa en aquellos días y en cómo el mundo cambia de cierto tiempo a cierto tiempo, ella a los veintiséis vivía una aventura sin precedentes, y mientras desde Nicaragua le llegaban las noticias del embarazo de Gloria, ella se recuerda abalanzándose a los brazos amistosos de Mario, feliz y a la vez impotente por la distancia. Pronto Bill sería solo una anécdota de su pasado y ella caería hechizada por los encantos de otro, que le consolaría la nostalgia y elogiaría su trabajo.

«Dios santo», piensa Edith mientras Roberto cruza la calle y se pierde entre la gente, «qué torbellino de amor fue México». Suspira. Tiene que regresar a su taller, donde bajo una manta oscura ha dejado en pausa la estatua del soldado.

21

La azafata anuncia, asiento por asiento, que en breve prenderán el aire acondicionado. Dentro de la nave todos los pasajeros sudan. Gruesas gotas corren desde la frente de Edith y mojan el tapabocas, se siente sofocada y piensa en quitárselo, siente que es una prisión, pero recuerda la severa orden del doctor Camacho diciéndole que se lo dejara puesto todo el tiempo dentro del avión. Recuerda sus ardores dentro de la boca, sus heridas, su piel expuesta y piensa en las bacterias floreciendo en el ambiente cerrado y caluroso del fuselaje. Decide soportar, pronto el aire le dará respiro, el vuelo es corto. Intenta concentrarse en otra cosa, en cualquiera que la distraiga del hecho de sentirse amordazada, de no poder hablar, de sentir que le falta el aire en ese espacio tan reducido. Ya todos los pasajeros están a bordo. Edith ha corrido con la suerte de no llevar compañero de viaje, va sola, no tendrá que forzar palabra, no tendrá que esforzar la boca. Cierra los ojos y el mar de voces ya tan reconocibles desde la sala de espera y el retraso del vuelo se le agolpan en la oscuridad tras los párpados cerrados. Reconoce a los muchachos de acento norteño, reconoce la voz del doble de Gustavo Raskosky. Quiere verlos, abre la vista a ellos. Asoma la mirada por el pasillo y ahí están, platicando entre sí, riendo amistosos. Desde ese ángulo Edith solo puede ver la parte de atrás de sus cabezas y sus perfiles. Le gusta el paisaje, siempre le han gustado las cabezas. «Por Dios», piensa, «¿cuántas cabezas habré esculpido en la vida?». Le vienen a la memoria los innumerables bustos de próceres, de poetas, políticos y tantos amigos y familiares que se labraron bajo su cincel. Sobre todo Darío, Rubén Darío representado en todas las formas posibles. Ahora piensa que esculpió por igual a vivos y muertos; ahora ya muchos de los que estaban vivos en ese entonces han cruzado la línea de la vida por igual. Recuerda cuando elaboró, en agradecimiento por años de amistad, el busto del periodista Gabry Vargas, hasta había aparecido una nota en el periódico en la cual Vargas posaba junto a su doble de piedra. El parecido era asombroso, la expresión de la escultura era la misma del modelo y cualquiera que hubiese conocido al periodista podría dar fe de ello. Gabry ya era uno más en su mausoleo de estatuas elaboradas. Había muerto el mismo año que los Gron se habían mudado de casa, el mismo año que Vilhelm había conseguido esa fantástica casa en el barrio Montoya donde todos podían vivir juntos sin incomodarse, esa casa que Niels hizo consulado de Dinamarca. Desde esos años el Dannebrog ondeando flamante contra el cielo con su cruz nórdica sobre el rojo intenso de la tela, había sido lo más cerca que alguna vez volvieron a estar de Dinamarca. Ese trozo de suelo danés que era la casa de Montoya de sus muros hacia dentro. Esa casa a la que Edith se dirige ahora.

Edith mira las cabezas inquietas, los gestos vivarachos de los pasajeros que, al igual que ella, se saben próximos al despegue. Vuelve a pensar en sus bustos. En sus modelos, en los muertos, en sus amigos. Le es inevitable pensar en Bill, él que había combinado las tres cosas: modelo, prócer, amigo, y ahora muerto. Recordaba las pláticas incesantes mientras por horas intensas cada día labraba la figura del soldado Andrés Castro tomándolo como modelo. Cuánta nostalgia le causaba Bill, muerto hacía dos años; había padecido una larga enfermedad de próstata que le causaba terribles dolores según la última vez que habló con él. Supo que lo habían operado y, aún convaleciente, salió una tarde con sus amigos. Nunca pudo decirles que no a los amigos, era un hombre que necesitaba estar rodeado, necesitaba la atención que alguna vez le había dado el ring o el cuerpo de bomberos al que perteneció luego de retirarse de la vida pugilística, necesitaba sentirse admirado, necesitaba recuperarse, pero nunca lo logró, de la muerte de su hijo Óscar durante la insurrección sandinista. Se lo llevaron a beber sopa, y los tragos de aguardiente fueron inevitables, muchas risas, mucho esfuerzo, los puntos de la herida cedieron y no hubo más que hacer por él. Edith desea recordarlo fuerte, como lo había visto la primera vez que Niels lo llevó al restaurante, deseaba recordar a su amigo como alguna vez había sido, vigoroso y lleno de vida. El monumento de piedra siempre sería recuerdo de aquella fortaleza. Ella, de brazos fuertes, cincel en mano, transmitiendo esa fortaleza que sería eterna, así se recuerda. No quiere pensar en Bill muerto y en ella segura de estarlo pronto.

Sin haberse dado cuenta el aire acondicionado había sido prendido, el cubrebocas y su frente están secos, el sudor se ha evaporado. El resto de pasajeros parecen más cómodos y animados. Edith ya no quiere verles, ya no quiere pensar en las esculturas de los que ya no están, cambiaría todo el mármol del mundo por volverles a ver de carne y hueso un solo día. Aparta la vista hacia la pista. Encienden los motores. Siente la vibración en el asiento, el cosquilleo leve en el estómago que siempre se apodera de ella antes de despegar; le incomoda volar, le gusta sentirse atada a la tierra, pero ahora desea volar pronto, estar en el aire, donde nada más la puede dañar, donde todo es transparente.

22

1931

Lo que más extraña de casa es el olor. En el hospital ha tenido que acostumbrarse a ese tufillo permanente a cloro diluido en agua, que apenas camufla el potente hedor a formalina, alcohol y sangre. Quiere de nuevo sentir desde antes del mediodía el olor de la comida del restaurante cocinándose lentamente e invadiendo todas las estancias de la casa. El olor del parque, el olor de todo lo que hay bajo el sol siendo calentado por sus rayos. Ese sol tan lejano a Copenhague que sintió por primera vez, a sus seis años, al bajar del barco una vez que alcanzaron el puerto de la ciudad de Colón en la travesía transatlántica que se anunciaba próxima a terminar.

Poco antes de tocar suelo panameño el cumpleaños de Vilhelm los había sorprendido en altamar. El cumpleaños había resultado ser, más que el día más llevadero del viaje completo, un verdadero festín. Una vez que el barco fue dado de alta por las autoridades de salubridad en La Habana habían procedido a abastecerse de carnes, frutas, medicinas, licor y hierbas en grandes cantidades que les servirían para el resto del viaje. Al zarpar de tierras cubanas la tripulación iba animada y repuesta. Entre los motivos de celebración, el más importante sin duda era que no se había registrado ninguna baja durante el tiempo que duró la epidemia, pues aunque la enfermedad había sido controlada y erradicada, persistían el temor y la desconfianza entre unos y otros.

El cumpleaños se había celebrado sobre cubierta, en familia y junto a los Möller, amigos inseparables de los Gron. Para Vilhelm era señal clara de una nueva vida, la epidemia desaparecida, un nuevo año, su familia completa, zarpar de la prisión que fue La Habana y la idea de la escala en Colón, poder bajar del barco y tocar tierra con su familia por primera vez desde Vigo. Esa noche, sobre el mar y bajo un cielo estrellado se juró a sí mismo pagar con su vida, de ser necesario, el bienestar y las vidas de Sofie, Niels y Edith. Esos tres seres que comían contentos junto a los Möller, que brindaban en honor a él, el hombre que los había puesto en ese barco. Tenía miedo, mucho miedo de haberse equivocado, pero eso era algo que solo podría saber una vez que el agua los llevara hasta Nicaragua, que era una tierra cada vez más cercana para todos.

Al llegar a Colón les saludó un sol que parecía hacer bien a Sofie desde el primer momento, la cara animada de la mujer desde la borda, ansiosa por arribar a puerto, ansiosa por estirar las piernas caminando, como todos los demás pasajeros. Colón no se parecía a nada que hubiesen visto antes, nada en la Europa lánguida, gris y desgarrada. La ciudad brillaba con ese color oro y esa brisa salina que les alborotaba los cabellos claros.

Justo antes de abandonar el barco se les tenía que informar sobre un error de la compañía, una falta grave, decían los funcionarios… Resultado de una pobre y mala comunicación entre facciones de la compañía: el barco al que tendrían que transbordar en unas horas, para que les llevara al puerto de Corinto en Nicaragua, iba a estar disponible hasta dentro de diez días. Un murmullo de pánico recorrió la cubierta, un murmullo en danés que gradualmente subía de tono hasta convertirse en protesta. Los insistentes gritos de los encargados pidiendo calma evitaron que la gente en la cubierta del barco se amotinara. Edith, frágil y pequeña, se abrazaba a Niels para protegerle, como dos pajarillos que deciden enfrentar un huracán.

Afortunadamente los ánimos caldeados se apaciguaron cuando la compañía marítima ofreció hospedaje por cuenta de la empresa durante los diez días del retraso. Los daneses tomaron la idea de esos diez días como una práctica, un preámbulo para lo que les esperaba en Nicaragua. Durante ese periodo la familia pudo descansar placenteramente en las blandas camas que compartían en el hotel asignado. Solían dar paseos prolongados por las calles pedregosas de la ciudad. Los atardeceres eran los más coloridos que alguna vez habían visto, el sol se ahogaba en el mar con una elegancia única, y el rostro de Sofie mejoraba con cada día, los dolores de sus huesos parecían no haber abordado el barco con ella, sino haberse quedado en Copenhague.

Luego de numerosas revueltas bélicas e incendios Colón se levantaba moderna a los ojos de los daneses. El calor, lejos de incomodarles, les resultaba placentero y ajeno. El español que se hablaba en las calles empezaba a endulzar sus oídos. La pequeña Edith ya había aprendido a decir *hola*, *gracias* y *adiós*, palabras que utilizaba cada vez que comían en algún modesto puestecito callejero, una comida extraña cuyos sabores explotaban en sus lenguas.

Pronto partirían de ese país para siempre, se despedirían del Atlántico a través de un extraño monstruo alargado cuyas noticias habían llegado a una Europa maravillada unos años atrás, un canal interoceánico que atravesaba completo el territorio panameño y lograba la tarea titánica de unir el Atlántico y el Pacífico.

A Edith siempre le cuentan la historia de haber atravesado el canal, le dicen que ella cruzó sus aguas. Ella no lo recuerda, pero en más de una ocasión lo ha contado alardeando a sus amigas, les ha dicho que cruzó un puente de agua entre dos mares. Ahora, convaleciente en cama, no pide algo tan titánico, solo cruzar la distancia entre el hospital y su casa.

Las enfermeras le ayudan a incorporarse, la bañan con húmedos trapos, le sonríen, no sin tristeza; la van a extrañar. Mientras las mujeres la visten con las ropas que Sofie ha llevado, Edith les murmura entre los metales:

—*Thank you, thank you very much.*

No le importa que las enfermeras sean nicaragüenses, tiene que emplear lo aprendido en esas largas semanas de doloroso cautiverio. Ha quedado preciosa, las mujeres la observan, es como una joven diosa con las mandíbulas vandalizadas. Allí están Vilhelm y Sofie, le abrazan, es hora de volver a casa. Salen del hospital, el viento caluroso nunca había sido tan fresco y revitalizante. Niels, a quien han dejado esperando afuera para evitarle ver los horrores del centro médico, corre hacia la hermana y la abraza, la abraza con fuerza. El cuerpo de Edith se resiente, le duele, pero poco le importa. Están juntos.

—Nos vamos a la casa, Iti —le dice el niño.

Edith lo ve y podría jurar que ha crecido. Ha pasado tanto tiempo en el encierro que hasta el cabello rubio de Niels la ciega con satisfacción.

23

1955-1956

Sin la espina de una futura intromisión por parte de los alumnos del instituto, Edith pudo dedicarse plenamente a la tarea de concluir el monumento al sargento Castro. Podía sentir el trabajo fluir con facilidad, la figura estaría pronto terminada y ella retomaría su amistad, en estado de pausa, con los alumnos.

Pronto terminará sus sesiones con Bill, el soldado estará concluido y el exboxeador se marchará de su estudio. Mientras lo observa, a través del humo incesante de sus cigarrillos, intenta recordar cuándo había dejado de amarlo, cuándo aquel recuerdo de su imagen, que la torturaba, había dejado de representar dolor, cuándo todo el rencor que le profesó se había esfumado para darle paso únicamente al cariño que por tantos años había mantenido esa amistad. Siempre que se hacía esa pregunta solo había una respuesta: México y Antonio.

Antonio había llegado en uno de los momentos cumbre de su vida hasta entonces. A mediados de ese año Edith fue seleccionada para participar en la exposición colectiva de artes plásticas que se realizó en el Palacio de Bellas Artes de la Ciudad de México; el edificio era una imponente construcción, entre *art nouveau* y *art déco*, levantada hacia el final del porfiriato para conmemorar el centenario de la Independencia. El Palacio era, según

Edith se cansaba a veces de escuchar a sus amigos mexicanos decir, el templo máximo de las artes plásticas en toda la república. Llegar a exponer una de sus piezas dentro de esas paredes representaba para Edith una consagración personal que la henchía de ego.

La pieza por la que había sido seleccionada representaba a un niño desnudo, de facciones mestizas, que sollozaba amargamente con una mano enjugando sus lágrimas. Se titulaba *Niño castigado* y era de una tosquedad tierna y tan firmemente elaborada que de inmediato convenció a los profesores de la Academia de San Carlos para proponerla a la exposición colectiva en Bellas Artes. Edith no cabía en su cuerpo porque todo era ocupado por la felicidad. Esa misma noche escribió a Nicaragua dando los pormenores y adjuntando en el sobre una postal del Palacio de Bellas Artes visto de las alturas.

El día de la inauguración Edith se enfunda en un elegante vestido negro que le prestó una de sus compañeras de la academia. El *lobby* del Palacio está inundado de gente que se pierde en un rumor exagerado, como el ruido de un río que corre vertiginoso. Edith se pasea nerviosa entre la elegante multitud, a su nariz llega un revoltijo de colonias y perfumes variados. Examina las piezas, raramente prueba un trago, pero lleva una copa en la mano por las ansias de encajar entre los asistentes que, como ella, analizan cada una de las piezas expuestas. De cuando en cuando se pasea disimulada por su escultura y su vanidad se dispara cuando se topa con pequeños grupos de personas admirando la figura del niño lamentándose. Se siente incógnita, un placer secreto la recorre mientras escucha los comentarios sobre la pieza sin que nadie sepa que ella, justo al lado, es la autora, que a través de sus manos ese niño se ha traducido de su cabeza al pedestal.

—*Do you speak Spanish?* —La voz del joven es fina y a la vez profunda.

—Es mi idioma —responde Edith mientras clava los ojos en la figura reducida y frágil del muchacho, enfundado en un traje que, claramente, alguien le ha prestado.

—Oh, perdón. Pensé que era extranjera.

—Lo soy. —Hay un silencio incómodo de segundos.

—Perdón, nadie ha querido acompañarme esta noche, vine por mi cuenta. Solo quería comentar lo magnífico de esta pieza. —El joven señala al niño inmóvil en su llanto—. Tiene una fuerza que es muy difícil relacionar con la infancia, pero a la vez es tan vulnerable que dan ganas de llorar con él. Es mi pieza favorita de toda la muestra.

—Me alegra que veas algo que te guste, las piezas están a la venta —bromea juguetona Edith con el desconocido.

—Qué más quisiera que poder comprarla —se lamenta el joven mientras acerca la vista hacia la ficha técnica—. Qué nombre más hermoso el de la autora, Edith Gron. Debe de ser extranjera.

—En efecto —contesta Edith—, ya te dije que lo soy.

Se enfrascan en una plática maratónica, mientras el resto de la multitud pasa a ser solo un conjunto de extras con rostros borrosos y palabras inentendibles. Él ama el arte y ella es artista, él nunca ha salido de México y ella viene de una Dinamarca que no recuerda, y Nicaragua es su país. Él conoce dos poemas de Rubén Darío y ella los conoce todos, ella conoce dos poemas de Amado Nervo y él los conoce todos, ella extraña a su familia y él vive con su madre, ella es alta y fuerte, él es bajo y frágil, pero tiene la sonrisa más hermosa de la que Edith pueda dar fe.

Se han abstraído tanto que ninguno notó el momento en que uno de los encargados de la exposición ha puesto una pegatina roja en señal de «vendido» en la pieza de Edith; cuando lo notan, ambos se abrazan en celebración como dos viejos conocidos.

—Esto hay que celebrarlo.

Salen del Palacio de Bellas Artes, cruzan hacia la calle Madero y se pierden en la felicidad. Entran al Salón Corona, piden tacos de pulpo y cervezas. Edith piensa, abandonando su abstinencia, que nada puede embriagarla más en ese momento que su felicidad, que no puede haber nada que haga tambalear sus sentidos más que la sonrisa de Antonio al otro lado de la mesa.

Desde esa noche son almas inseparables. Edith hace pequeñas esculturas, casi artesanales, y Antonio le ayuda a venderlas para sobrevivir en la gran ciudad; figurines que puede esculpir con facilidad a lo largo del día entre clase y clase. Antonio se lleva dos o tres y las vende a amigas de su madre en el trabajo, con eso costean sus cervezas y las abundantes comidas callejeras de la Ciudad de México. Con eso, complementado con el dinero que los Gron envían desde Managua, pueden vivir una vida tranquila. Salen con Mario Zamora, quien se ha vuelto amigo de Antonio, dan largas caminatas por la ciudad mientras los artistas hablan sin parar de escultores y pintores. Antonio calla y aprende absorto de todo lo que los estudiantes aprenden en la escuela.

La madre de Antonio ve cómo su hijo se prende de amor cada día más con la danesita, su hijo hermoso al que ha protegido todos los días desde que nació. Antonio, escuálido, flacucho, dueño de la cara más apuesta y encantadora, hijo ejemplar, protector, un hijo que no abandona sin importar las circunstancias que lo aquejen.

A la madre la danesita le ha parecido el encanto andante, diferente, de otro mundo. Para ellos México era lo suficientemente grande y desconocido, y Edith venía de otro continente y a la vez del mismo, de un lugar llamado Nicaragua del que poco o nada se sabía.

Una tarde de tantas, la madre les invita a comer pozole en casa; Edith, Antonio y Mario asisten.

Mientras Edith cincela con fuerza los brazos del soldado, Bill tensa cansado los bíceps. Ella puede recordar aquel olor vaporoso e incitador de ese almuerzo, puede recordar estar en esa mesa y por primera vez no extrañar Nicaragua, no extrañar el restaurante ni las brisas del lago. Sentirse temerosa de concebir por primera vez que pertenece a una familia que no es la suya.

—Te vas a pegar en la mano con el martillo —le reclama Bill—, estás ida de este mundo, mujer.

Edith, sacudida de sus recuerdos, se promete que antes de terminar la estatua de Andrés Castro le escribirá una carta a Mario Zamora, hace mucho que no se comunican. Su gran amigo que nunca regresó a Honduras. Fija la vista en los bíceps de Bill, coloca el cincel y martilla.

24

El avión está en posición. Las azafatas dan las indicaciones mientras Edith escucha sus voces y observa sus movimientos coreográficos. Pronto empezarán a moverse en línea recta hacia el despegue. A Edith le parece que se ha despedido hace siglos de sus sobrinas en el aeropuerto; el retraso se ha sentido muy pesado, tal vez no lo ha sido, pero sus fuerzas debilitadas por la enfermedad lo han asimilado de esa manera. Pronto, piensa Edith, se elevará de la tierra, de la tierra donde han caminado todos los próceres que una vez cinceló a fuerza de pasión en piedras amorfas, en mármoles fríos a los que ella les legó la tibieza de la vida. Pronto los valles y los ríos revelarán su grandeza desde el aire y los hombres revelarán la pequeñez de sus vidas, desaparecerán de su vista desde las alturas. Desde hace unos años Edith padece una crisis de fe de la que no ha hablado con nadie, ni siquiera con Gloria, su compañera de horas y horas muertas en la casa de Montoya desde que sus padres murieron y a Niels lo ocupan las actividades consulares. Edith duda, al ver tanta muerte cerniéndose sobre Nicaragua, al ver la carnicería que desde hace una década ha convertido a su tierra en un país sin jóvenes. Edith se pregunta si de verdad todas esas figuras que adornan y engrandecen las vías públicas, si todos esos hombres de piedra que ella se ha encargado de inmortalizar, son en realidad héroes. Esa palabra le resuena desde hace una década en la cabeza, *héroe*… Desde el triunfo de la revolución han proliferado tanto los llamados *héroes* y *mártires*, a los que la Revolución uniformada manda a rendir culto y respeto, ya que ellos son los que han cimentado con su sangre la vida que tenemos. Pero de qué ha servido realmente esa sangre, tener un hijo héroe no lo devuelve a la vida, no lo nutre nuevamente de carne para que la madre pueda estrecharlo. Edith piensa que no hay nada que justifique ser un héroe, una madre siempre preferirá un hijo anónimo que un héroe muerto. Su enfermedad le ha impedido esculpir a esta nueva camada de próceres jóvenes, y no sabe si alegrarse por ello, al final son miles de niños sin nombre. Piensa que tal vez algún día las estatuas sean para los comandantes que los mandan a morir a las montañas. Edith se siente feliz de no ser ella quien esculpirá esas figuras.

Ahora recuerda a su último hombre labrado, justo al mismo tiempo que descubrió los primeros síntomas de su enfermedad. De cierta forma se alegra haber cesado de ser la escultora nacional, la siempre elegida por el poder para inmortalizar el poder. Era 1970 cuando un grupo de ancianos amigos personales de Emiliano Chamorro le encargó una escultura monumental para inmortalizar a su viejo caudillo, casi desaparecido de los anales de la historia por la dictadura de Somoza. La figura del antiguo presidente, muerto rabiando y siempre atentando por volver algún día al poder, tendría que engalanar la ciudad de Granada.

La estatua mediría tres metros, y estaría tallada en piedra sólida. La tarea era titánica y el esfuerzo de Edith máximo. Fue a la mitad de ese trabajo que empezaron los cansancios, leves mareos que la desequilibraban desde las alturas de la escalinata, repentinas pérdidas de fuerza que la obligaban a sentarse y fumar dos cigarros seguidos antes de continuar, faltas de ánimo que la hacían no querer levantarse hasta muy tarde, contrario a su hábito madrugador heredado de Vilhelm desde que era una niña. Era un hecho afortunado que la estatua sería colocada por capricho de los viejos más conservadores del partido verde, y no para conmemorar una fecha específica, eso le dio a Edith la excusa perfecta para terminar el trabajo con dos meses de retraso a la fecha prevista. Al ver la estatua concluida, el viejo calvo, los ojos entrecerrados, el sombrero en mano, de traje impecable cuyo efecto de movilidad parecía revelarlo como tela verdadera en vez de piedra, Edith se desplomó dos días seguidos. El monumento había sido un Everest para sus fuerzas mermadas. Durante esas dos noches de descanso inevitable comenzó a ser atacada por finas punzadas en el interior de la boca, punzadas que la obligaban a despertar en medio de la penumbra y la sumían, al reducir su intensidad, en un sueño intranquilo que le recordaba a las remotas noches en el hospital militar durante su adolescencia.

Edith no asistió a la inauguración de la escultura del caudillo, que fue ubicada en el malecón de Granada, a escasos metros del gran lago Cocibolca; en lugar de ello asistió a una cita con el doctor Roberto Calderón en Managua, para examinar unas aftas medianas en la boca, que días antes y frente al espejo había identificado como la causa de las punzadas nocturnas. La cita fue breve y el diagnóstico del médico casi inmediato: las úlceras respondían a una leucoplasia, una enfermedad común entre fumadores de conducta compulsiva como la que Edith tenía desde hacía casi treinta años. Los mareos y la pérdida de fuerza, sin embargo, hacían sospechar al doctor

Calderón causas más graves detrás de las llagas. Había que descartar la posibilidad de un cáncer. El médico recomendaba viajar lo antes posible al MD Anderson Cancer Center en Houston, Texas, para una biopsia que determinara la verdadera magnitud de la enfermedad.

En casa, aunque Niels y Gloria querían mantener una postura optimista, era obvio, más por el semblante aciago bajo las arrugas de Sofie, que la preocupación y el miedo invadían la estancia. Edith utilizó todo el dinero obtenido de los conservadores, dinero de la finca, de las rentas que habían heredado después de la muerte de Vilhelm y un poco más prestado por su hermano para viajar a los Estados Unidos.

Ahora, veinte años después, mientras está sentada en otro avión, recuerda aquel despegue desde Managua con rumbo a Houston. Niels a su lado sostuvo su mano todo el viaje, una mano que, ahora sospecha, se esforzaba por no temblar, la mano de su hermano que tanto tiempo atrás ella sostuvo mientras cruzaban el Atlántico y él era solo un pequeño rubiecillo más en aquel barco lleno de pioneros.

El diagnóstico confirmaba todos los temores, los resultados de la biopsia eran concluyentes, Edith era aquejada por un cáncer bucal en etapa inicial. Los doctores le hablaban en inglés, como una pesadilla que se repetía, intentando tranquilizar a Edith y a Niels, que sucumbió al fin ante el temblor y las lágrimas. Intentaban tranquilizarles explicando que era algo muy positivo haber detectado el cáncer en una etapa tan temprana, que con un tratamiento propio la expectativa de vida podía ser de muchos años e incluso los síntomas del cáncer podrían remitir y desaparecer. Edith recuerda esos días en Texas como algo tan ajeno que le parece que todo le ocurrió a otra persona, el recorrer la carretera viendo torres petroleras a la distancia, el tacto de Niels, la preocupación de regresar a Nicaragua y confirmar una noticia que podría matar a Sofie, el acento cantado de los tejanos tan diferente al acento de sus años como estudiante en Columbia, en Nueva York. Todo parece ajeno. La sensación terrible, la herida de muerte de ver revelada la certeza de que nunca volvería a esculpir, que todas las fuerzas de su cuerpo tendrían, de ese momento en adelante, que resguardarse para el reposo absoluto, que su vida de artista se truncaba y se tornaba contemplativa.

Ahora se dice a ella misma, como bálsamo, que al menos ya no tuvo que ensalzar a ningún otro prócer dudoso, que su último trabajo había sido el viejo presidente conservador, el mismo que había pactado con Somoza. Al parecer todos los ríos desembocaban al mismo mar. Apenas nueve años después, al triunfo de la revolución sandinista, la horda popular en un arranque de euforia desprendió la cabeza de la estatua de Chamorro y la arrojó al fondo del lago. Su escultura corrió la misma suerte que ella: su último gran trabajo mutilado, como su vida desde ese viaje a Texas.

Le parece muy lejano todo aquello; de cierta forma siente que ha triunfado, pues veinte años después ahí está, sentada en un avión, dando la batalla. Ahora las turbinas se prenden ensordecedoras y el avión comienza su carrera a gran velocidad. Edith, segundos antes del despegue, vuelve a pensar en la cabeza del caudillo hundiéndose lenta en la profundidad del lago.

25

Los metales habían sido removidos con Edith anestesiada, el procedimiento tuvo un resultado exitoso gracias a las manos expertas de los médicos estadounidenses. Ahora ella reposaba en el sueño químico mientras, abrazados, Sofie y Vilhelm contemplaban, con una rara mezcla de angustia y alivio, la mandíbula de su hija, arrugada como una pasa. Las cicatrices frescas, húmedas y rojizas habían sido cuidadosamente cubiertas con gasa previamente esterilizada. Dormida, Edith se ve serena, plácida, como si aun en la inconsciencia estuviese al tanto de que pronto tendrá que dejar el hospital, de que pronto sus heridas sanarán por completo y podrá disfrutar en casa de su fiesta de quince años sin el yugo de las enfermeras y la prisión de esa cama que ha llegado a aborrecer.

Es irónico, piensa Sofie, fue por ella, por su enfermedad reumática que abandonaron Copenhague, para evitarle la muerte, para evitarle largas fatigas y dolorosas convalecencias en un hospital, evitar que su cuerpo de por sí frágil fuese deteriorándose como un viejo armazón de cristal, sin embargo es su hija quien ahora reposa en una cama de hospital y ha soportado durante largo tiempo el infierno y el bochorno que supone la inmovilidad, el dolor físico, la imposibilidad de verse a un espejo, los terrores nocturnos. Está orgullosa, siente que de alguna forma la adolescente herida que entró al hospital se ha convertido, mientras ha yacido postrada, en una valiente mujer que podrá luchar contra las fuertes mareas de la vida. Sus padres la observan, serena, ¿será que sueña? ¿Se puede soñar acaso bajo la inconsciencia inducida de la anestesia?

Sí, ha crecido, sin duda ha crecido en este tiempo, es tan lejana a la niña del barco que cruzó el canal de Panamá hace ocho años, aquel prodigio ingenieril que les pareció a todos una obra que desafiaba la mano de Dios. Recuerdan la expectación que les recorría cuando les dijeron que partirían de la ciudad de Colón, que el barco *Acajutla* estaba listo para llevarles a su destino final en Nicaragua. Sofie, revitalizada por el clima panameño, por los patacones con queso frito, el ceviche, las frituras de cobo y el arroz guandú, sentía que podía embarcarse hasta el fin del mundo si fuese necesario.

Al cruzar el canal, esclusa tras esclusa, los daneses rebalsaron la cubierta del barco para ver con sus ojos la unión de los mares, la unión de dos mundos. Vilhelm sostiene a Edith en sus brazos; Sofie hace lo mismo con Niels. Les dicen que observen bien, que no olviden el momento, que nadie les creería en Dinamarca que atravesaban ese canal del que hacía apenas unos años leían asombrados en los periódicos de Copenhague. «Observen bien este momento, porque será único en la vida. Miren, esto es el océano Pacífico».

Luego de la maravilla habrán de avisarles que bordean Costa Rica, ahora saben que están cerca, que están navegando aguas de lo que desde ese momento será su país vecino. A Sofie siempre le pareció extraña la idea de la impaciencia, ese sentimiento de quemazón que embarga el alma cuando más cerca se está de alcanzar lo que se desea, mira a Vilhelm completamente desesperado por llegar, por desembarcar, y trata de calmarle. Llevan semanas en el barco, unas horas más son apenas lo más fácil de la travesía. Su marido le escucha, trata de asimilar sus palabras, de entender que la desesperación no le lleva a nada, intenta serenarse distrayéndose con sus hijos sobre cubierta, diciéndoles que pronto estarán en Nicaragua.

Las familias danesas, expectantes, desbordan la cubierta del barco, la tripulación les ha anunciado que están a escasos minutos de divisar Corinto, que pronto el viaje llegará a su fin, que Dinamarca ahora es un lugar lejano al que muchos de ellos no regresarán en lo que les queda de vida, pronto tendrán un hogar nuevo. Las gaviotas sobrevuelan la embarcación anunciando que están cerca de tierra, que altamar ha quedado atrás. Los gritos de júbilo estallan cuando a la distancia, sobre la línea perfecta del agua, se divisa el puerto. Las risas felices contagian a todos los pasajeros; el barco hace sonar sus bocinas sumándose a la algarabía. Los Gron se abrazan en medio de los abrazos de todos. Vilhelm levanta a Niels sobre sus hombros para que pueda divisar el puerto que se acerca a cada segundo. Las parejas se besan en la boca y los niños más pequeños corretean a carcajadas sin entender muy bien la totalidad del asunto.

Al atracar, una multitud de lugareños, curiosos y felices, los recibe ondeando pañuelos blancos y con gritos de bienvenida y vivas a Dinamarca. Los daneses bajan, avanzan sobre el muelle de madera entre canciones; en el puerto les esperan ministros, los adelantados desde Copenhague que han trabajado los trámites y servirán de intérpretes, y la bandera danesa se iza gloriosa junto a la bandera azul y blanca de Nicaragua. La gente se sorprende de ver bajar esa gran cantidad de rubios, entre ropas descuidadas por las semanas dentro del barco; son muchos, los ojos claros, la piel curtida por el sol de altamar, pero todos cantan, brindan, los Gron están felices. Edith, de la mano de la madre y Vilhelm aún con Niels sobre sus hombros estrechan la mano del ministro que les da la bienvenida, en nombre del presidente Chamorro, a la República de Nicaragua. El nuevo hogar.

De tantas veces que ha escuchado la historia del arribo, Edith la ha moldeado de muchas formas en su memoria, en algunas recuerda a los ministros, en otras se recuerda aferrándose a la muñeca que ya no llevaba con ella para entonces. A través de los años no ha podido rescatar el sentimiento de llegar a una tierra extraña, para ella Nicaragua siempre ha sido su hogar. Dinamarca es el país de las fantasías, donde todo es blanco y Andersen escribió los cuentos que de niña le leía papa, asegurándole que la casa en que ellos vivían en Copenhague había pertenecido al escritor. Edith tiene dos países, y dos lenguas que son su patria. Pero solo tiene un hogar, el hogar al que quiere volver en el preciso momento en que los sedantes pierden efecto y ella va saliendo de la niebla del sueño inducido, y ve, como quien despierta de un largo viaje, las borrosas figuras de sus padres cernirse sobre ella con sendas sonrisas. La mandíbula le parece un extraño ser, ajeno a ella, dolorosamente libre. Sus padres acarician los cabellos que han ido creciendo semana tras semana. Al igual que hace años, el largo viaje ha terminado y es hora de volver a casa.

26

1955-1956

—¿Y ahí fue cuando tu noviecito te salió con la sorpresa? —pregunta Bill, insidioso, mientras Edith, removiendo su mascarilla, sopla polvillo sobrante de la escultura.

—Fue más adelante —contesta fingiendo indiferencia.

La estatua del soldado Castro se yergue frente a ella imponente, la figura musculosa y llena de fibra, un titán mestizo, casi listo para dejarse ver por ojos que no sean los de su creadora ni del modelo socarrón.

—Ese mexicano sí te salió cabrón, como dicen ellos.

—No más que vos. —La estocada certera deja mudo a Bill.

Edith no dice más, no cuenta la historia completa, se avergüenza, todos estos años se ha avergonzado de lo que ella hizo, pocos lo saben, y Bill, claro, es de los que ignoran la verdadera historia de su matrimonio frustrado. Edith lleva años sufriendo esa pena en el silencio, el mismo tiempo que lleva sin saber nada de Antonio.

Ahora le parece extremadamente cursi, una propuesta hasta barata, pero en aquel momento, cuando Antonio la llevó al bosque de Chapultepec y le propuso matrimonio junto a la Casa del Lago, le pareció algo sacado de una película. Le dio el *sí* de inmediato con decenas de patos chapoteando a unos metros y cientos de niños chillones que correteaban entre los puestos de dulces y nieves.

Los meses siguientes fueron de enorme agitación, Edith estaba por concluir sus dos años de estudios en la Academia de San Carlos, y ahora, contrario al plan de regresar a Managua, hacía los preparativos para que su familia viajara al Distrito Federal y asistiera a la boda. Entre los ahorros de su padre y los frutos del trabajo de Niels en El Espadillo, podrían comprar holgadamente los boletos de avión. La vida había cambiado en unas semanas, había dado un vuelco total. Junto al anuncio de su boda había llegado el nacimiento del primer hijo de Gloria y Niels en noviembre, el primer Gron nacido en suelo nicaragüense.

Ahora se pregunta si no captó bien las señales que probablemente estaban a la vista, se pregunta si en realidad era tan ingenua para no notar que Antonio tenía planes muy distintos para su vida conyugal, o si simplemente el hecho de pensar en ver a su familia luego de dos años viviendo en la Ciudad de México le nublaba de emoción cualquier punto negativo sobre esos días. Poder imaginar a sus padres recorriendo la Calzada de los Muertos en Teotihuacán, comiendo cualquier plato que se les pusiera enfrente en el centro de la ciudad, contemplando desde la Plaza de la Constitución el palacio, la catedral. El solo hecho de recordar el olor de su madre la hacía elevarse hacia el más sublime amor. Tal vez fue eso, piensa ahora.

El declive, la pelea con Antonio llegó dos semanas después de anunciar el compromiso, cuando emocionados de amor e independencia fueron a ver el primer lugar en renta que se les ofreció. Edith quedó deslumbrada, era una casa pequeña, en la delegación Coyoacán. Edith recuerda que lo que más la deslumbró era la tranquilidad que respiraba, alejada del centro de la ciudad que crecía estrepitoso hacia las nubes. La casa quedaba a una relativa distancia de la de Diego Rivera, quien tan solo unos meses antes les había dado una charla en la academia. Edith estaba segura de que el muralista la recordaría.

—Es hermosa, danesita, pero solo tiene una habitación, mi mamá necesita un espacio.

Jamás habían hablado de la madre. Si alguna vez lo hicieron se había perdido en la memoria de Edith, o lo había descartado como una broma tonta de Antonio. Ahora que lo piensa, años después, mientras Bill se burla del asunto y se mueve inquieto mientras modela, se da cuenta de que todas las señales estaban ahí. Antonio nunca paraba de hablar de su madre, era su tema favorito de conversación. Cuando la noche se extendía y Edith lo instaba a que se quedase con ella, a que durmieran juntos, él se negaba. Al principio pensó que era una especie de pudor tierno lo que impedía que Antonio diera el *sí*, luego supo que era su temor exagerado a que su madre durmiera sola en casa. Tantas comidas juntos en las que la madre hablaba de Antonio como un bebé, Edith interpretaba el discurso materno como tiernas bromas entre los dos, pero ahora sabía que la madre no bromeaba, que en realidad Antonio seguía siendo ante sus ojos el niño vulnerable que había que proteger al igual que cuando llevaba pañales.

La pelea se extendió por días. A Edith le resultaba inconcebible el hecho de vivir con la mamá de Antonio una vez que se casaran. Durante esos días le dijo las cosas más hirientes que le habría de decir a alguien en vida, lo destrozó con palabras, le hizo ver la inutilidad que era su vida, lo triste de vivir bajo el ala protectora de su madre, su temor absoluto a que una vez casados ella pudiese convertirse en una especie de madre sustituta que tendría que cumplir con sus caprichos de niño grande, verse en la tarea de terminar de formar a un hombre en vez de acompañar a uno en la vida. Aún hoy Edith puede recordar el llanto entrecortado y las explosiones de mocos en la cara de Antonio cuando Edith le dijo que se regresaba a Nicaragua, que lo que habían tenido se terminaba.

Por un inverso giro del destino los Gron se quedaron sin volar, y fue Edith quien tomó un avión y se despidió de la Ciudad de México; regresó con la misma maleta con que había partido dos años antes y con su diploma de la Academia de San Carlos bajo el brazo. Su familia la recibió con un abrazo múltiple. Todos la consolaron, le recordaron que lo importante era su diploma, que la vida era un inmenso bosque lleno de posibilidades; se burlaron de su acento mexicano y prepararon una barbacoa de bienvenida en El Espadillo, con amigos y socios. Una fiesta en la que nadie hizo mención alguna al matrimonio fallido, en vez de eso todos celebraban sus estudios y le preguntaban curiosos por el Distrito Federal, ansiosos por saber si era igual que en las películas. Edith contemplaba el lago, sereno y pálido, y los dos volcanes que se erguían de sus aguas como guardianes. Recordó cuántas veces se dormía, luego de interminables cigarrillos en mano para combatir el frío de la metrópolis azteca, pensando en volver a estar en ese lugar, con esa vista y con esa familia que ahora crecía por gracia del matrimonio de Niels con Gloria. Cuántas veces imaginó a Antonio entre ellos, brindando con Vilhelm, cerrando un trato propuesto por Niels, preparando algún plato mexicano para la familia. Todo quedaba en el pasado, había que aprender a vivir como antes, con la mente fija en su trabajo, moldeando el porvenir como una dura roca a la que hay que dar forma para despertar lo que duerme en su interior.

—¿Verdad que sí era bien cabrón el mexicano? —vuelve a preguntar Bill, burlón.

A Gloria, su cuñada, le tomó un par de meses confesarle su desacuerdo. Su confesión fue el primer acto que sellaría una larga amistad de confidentes entre ambas. Le dijo que desde la primera vez que Edith, desilusionada de su prometido, contó las razones por las cuales le había abandonado, y habló del apego enfermizo con la madre, de su falta de tacto hacia la intimidad que habrían de compartir como esposos, desde esa primera vez le había parecido egoísta de parte de Edith. Justo ella que era una sola con su familia, ella que no había pasado, con la salvedad de esos dos años en México, ni un solo día fuera del seno familiar. Era una decisión hipócrita. Ella haría exactamente lo mismo si el caso fuese al revés y Sofie necesitase un espacio. Edith le dio la razón, jamás abandonaría a Sofie a su suerte. Tal vez la acción de Antonio era resultado de un amor puro, de un corazón noble y no de un enfermizo comportamiento. Ahora lo veía, esto engrandecía a Antonio en vez de reducirlo, era un hombre capaz de amar a extremos y no abandonar a quienes le rodeaban, y ella lo había denigrado al exceso.

Tomó un vuelo lo más pronto que pudo a la Ciudad de México, tenía que resolver el malentendido, lo sorprendería y pediría perdón de la manera más sincera que alguna vez había hecho o habría de hacerlo en su vida. Al llegar a la ciudad se iría directo a la casa de Mario Zamora, le pediría posada y le confesaría su plan, se quedaría con él en caso de que Antonio, como le parecía lo lógico, no quisiera verle ni escucharle.

Antes de atender la puerta Mario asomó la cabeza hacia la calle desde el cuarto piso de su edificio y vio a Edith. Era una triste muchacha reducida, cargando una maleta que se hacía aún más grande en sus manos. Su amiga era apenas una sombra.

—Está casado —le dijo Mario después de escuchar el plan de Edith—, se casó tres meses después de que regresaste a Nicaragua.

Durante esa corta y última estadía en México, Mario, su primero y mejor amigo, el hondureño que tan bien conocía Nicaragua, fue el recipiente de un sinnúmero de penas. Bebieron, comieron, lloraron y finalmente Edith se despidió para siempre de la Ciudad de México, vio desde el aire aquella metrópolis que crecía a pasos agigantados. Pensó de nuevo en Antonio, la ciudad lo enterraría, esa ciudad que tan bien sabía enterrar las cosas, esa ciudad que se había tragado pirámides enteras bajo tierra y musgo, enterraría también esa tristeza.

Con el pasar de los años, como asumió que era normal, dejó de preguntarse por él. Las menciones e inquietudes sobre su vida en las cartas con Mario fueron menguando hasta que un día desaparecieron y la correspondencia se volvió profesional y fraternal. Con el tiempo dejó de pensar que los hijos de Antonio pudieron ser los suyos. Entendió que otra vida, tal vez una doméstica y aburrida, le hubiese esperado como destino, tal vez su escultura hubiese menguado, pasado a segundo plano o muerto en el peor de los casos; su vida como escultora sería una anécdota entre el círculo de amigas de la colonia. Aprendió a amar su felicidad, el éxtasis de la masa, del cincel, del cigarrillo al terminar una obra. La forma en que había esculpido su vida.

—Tal vez sin ese cabrón no estaría aquí, escuchándote hablar pendejadas.

En su mente la imagen de Antonio era borrosa. No sabía hacía cuánto no recordaba cómo sonaba su voz. Sonriente, se alejó unos pasos de la escultura y contempló feliz el trabajo casi terminado.

27

1989

Mientras el avión se eleva, San José se vuelve cada vez más pequeña en tierra. En un minuto ya sobrevuelan la ciudad entera, una ciudad eternamente gris con un clima que Edith siempre ha agradecido. Observa desde lo alto los escasos edificios, las casas, las avenidas, y piensa en Managua. En solo media hora estará pisando su ciudad, tan distinta a San José, tan distinta a ese orden urbano que ahora ve desde lo alto. Managua, herida desde hace casi veinte años, ha crecido sin rumbo, desperdigada, es una víctima que no supo encontrarse entre las ruinas de su terremoto. ¿Cómo se habrá visto desde el aire aquella noche terrible que les arrebató la vida a miles y se las cambió para siempre a quienes no la perdieron? Es como si ahora mismo, ante su vista perpleja, en cuestión de segundos viera derrumbarse todo San José. En cuarenta años Managua había sido destruida dos veces, y ella había sufrido ambos terremotos.

Siempre le es doloroso recordar aquella noche de diciembre de 1972. Los Gron, como la mayoría de las familias, se preparaban para la Nochebuena. «Qué trágico evento del destino», piensa como muchas veces, «arrebatar la Navidad de esa forma violenta». Managua se veía engalanada por las luces decorativas en las avenidas, las lucecitas en las casas, el cielo de diciembre despejado luciendo sus estrellas; Edith amaba el cielo de diciembre en Managua. En cada casa los nacimientos con su pesebre de palo vacío, esperando el nacimiento de un Salvador que no llegaría.

Esa noche el cielo no estaba despejado, no había estrellas, una sequía brutal que venía azotando el país había puesto el cielo macabro, rojo, pintado de sanguaza. Las primeras semanas después de la catástrofe Edith no podía sacarse de la cabeza la imagen de ese cielo mortecino, creía que había sido su imaginación sacudida con el resto de la ciudad, pero no lo comentó con nadie hasta mucho después, solo para darse cuenta de que todos recordaban el mismo cielo, premonitorio de sangre.

Durante esas fechas Edith había recobrado su esperanza en la vida, llevaba dos años conviviendo con el cáncer que parecía haberse quedado estático y reacio a avanzar. Todos los médicos le daban esperanzas y a cambio Edith hacía todo lo que ellos le pedían, había dejado malos hábitos en la dieta, excesos reminiscentes de sus épocas mexicana y neoyorquina, pero sobre todo y ante el alivio absoluto de Sofie, había dejado el cigarrillo en una batalla ardua que le causaba mareos, pesadillas, náuseas y sudoraciones nocturnas. También había abandonado el trabajo físico excesivo, lo que había resultado en la nulidad de su trabajo monumental, ahora se dedicaba a piezas pequeñas en las que se tomaba el tiempo que ella consideraba conveniente y había retomado el pincel y el lienzo, herramientas mucho más livianas que el mármol. Los pensamientos de muerte que la acechaban hacía apenas un par de años atrás, luego del diagnóstico, se iban dispersando como una nube que se desgarra y poco a poco una fe en la vida, fortalecida y creciente, se adueñaba de ella.

Y luego vino la catástrofe.

Fue al filo de la medianoche. Antes, un sismo considerable había advertido de la tragedia por venir, pero muchos, acostumbrados el vaivén sísmico de la ciudad, habían decidido continuar la fiesta; era fin de semana y la Nochebuena estaba a la vuelta de la esquina. Los Gron, sin embargo, alarmados, y curtidos por la experiencia del terremoto de 1931, decidieron tirar colchonetas en el suelo de la sala y dormir con las puertas abiertas. La segunda sacudida fue devastadora, unos segundos bastaron para que la capital entera se viniera abajo sepultando miles de cadáveres bajo los pesados escombros. Edith recuerda que por unos segundos hubo un silencio absoluto en medio de la oscuridad, todo había callado, no sabe si lo más terrible de su recuerdo es ese silencio que confirmaba el reino de la muerte o las explosiones y los gritos desgarradores que siguieron.

La casa de los Gron en el barrio Montoya había resistido el embate, pero muchas estructuras de sus alrededores estaban en el suelo. Salieron de la casa y no reconocieron nada de lo que antes había sido su calle. Una noche larga les esperaba mientras en medio de la oscuridad el cielo se iluminaba con el resplandor de los incendios aledaños y el ulular macabro de las sirenas semejaba jaurías de perros aullando entre la distancia.

La mañana trajo consigo la luz y esta reveló la devastación. Los cadáveres eran apilados en medio de las calles deshechas. Todo lo que una vez había sido la vida había desaparecido para los sobrevivientes, las avenidas, los bares, los parques donde habían crecido. La catedral de Managua, inservible desde ese día, igual que un testigo macabro, marcaba en el reloj averiado las 12:35, como recordatorio imborrable del minuto que trastocó la vida de la ciudad.

Lo más imborrable desde ese día para Edith fueron los cadáveres apilados en las calles, y estos que, imposibles de rescatar y revueltos con los escombros, fueron removidos por palas mecánicas del Distrito Nacional y sepultados bajo concreto en la costa del lago para evitar epidemias con la descomposición. Miles de muertos, cientos de desaparecidos, de desplazados a las ciudades aledañas buscando refugio, y miles de sobrevivientes que desde ese día compartirían por siempre un luto parecido al de un miembro cercenado.

A la mañana siguiente de la tragedia un helicóptero en particular volaba incesante sobre las ruinas de la ciudad, todos sobrentendieron que se trataba de Anastasio Somoza, autonombrado presidente del Comité de Emergencia. Desde las alturas el dictador podía darse una idea clara del desastre y de la ayuda internacional que tendrían que recibir y tendría que pasar por sus manos, ayuda que nunca llegó a los afectados y se quedó para ser repartida entre sus allegados y él mismo, que vio una oportunidad de oro para hacer negocios personales y estatales con la reconstrucción de Managua. Para Edith, como para muchos, ese había sido el punto de demasía en la conducta estatal de Somoza: enriquecerse con la ayuda humanitaria tenía algo aún más siniestro que asesinar opositores; era algo que lo deshumanizaba, que lo volvía una especie de monstruo indiscutible. Todos los que habían sufrido la tragedia estaban por su cuenta. Edith se alegró en ese momento de haberse retirado de la escultura monumental. La detección de su cáncer la había acercado a la idea de la muerte, y su empatía por los miles de fallecidos en el terremoto creció acelerada. Con rabia se decía lo feliz que se sentía en su retiro, en no ser llamada por un nuevo Somoza para elevar otra estatua, estaba harta de elevar estatuas de hombres poderosos bajo el mandato de otros hombres poderosos. Su cáncer la alejó de ese monstruo para quien el dolor y la sangre solo eran parte de su trabajo. Edith sabía que hay quienes erigen estatuas con la esperanza de que un día no muy lejano alguien se las erija a ellos; ya no puede ser el caso del último dictador de esa familia, y la estatua de su padre, que a Edith siempre le pareció repugnante y malograda, habría de caer años después por el descontento común de la ciudadanía a las afueras del Estadio Nacional que había hecho bautizar con su propio nombre.

El altoparlante anuncia que es seguro quitarse el cinturón de seguridad, Edith, sin embargo, lo deja abrochado; desde la adolescencia, luego de su accidente, siempre prefiere la seguridad de cualquier tipo al viajar. Edith recuerda la estatua de Chamorro, la decapitación popular luego del triunfo revolucionario, por primera vez piensa que tal vez la estatua se hubiese quedado mejor así, sin cabeza, como una férrea advertencia a quienes ostentan el poder para burla de la gente y beneficio propio. Edith asoma la vista por la ventana y puede ver el azul del mar profundo y sereno. Piensa en Managua en llamas vista desde el aire.

28

1931

Si algo habían aprendido los Gron a lo largo de casi una década en Nicaragua era a desconfiar de las cosas, desconfiar saludablemente. Por eso cuando Edith da sus primeros pasos desde el accidente, cuando su cuerpo va acostumbrándose al andar ceremonioso de la convalecencia, desconfían de que sea una gloriosa realidad, de que verla sonriente sea cierto, de que sus heridas vayan cerrando poco a poco. Pero ahí está ella, erguida y victoriosa de la muerte. Vilhelm recuerda verla tendida sobre la tierra y las piedras, recuerda el dolor de creerla muerta. Verla de pie, caminando lentamente hacia él, le hace sentirse confiado de que su hija está hecha para la vida, de que soportará cualquier embate como ellos han venido haciéndolo desde que llegaron a Corinto en 1923. Desde que aprendieron a desconfiar de todo por el engaño monumental que supuso el viaje a Nicaragua por parte de sus autoridades. Si ellos pudieron cruzar medio mundo buscando la tierra prometida y a cambio les fue entregado un pantano, Edith podrá con todo.

Después de llegar al puerto y del recibimiento de los ministros, luego de un descanso merecido en tierra firme, las familias danesas abordaron el tren destinado a ellos, que habría de llevarlos a Managua, donde les aguarda el presidente Diego Manuel Chamorro para darles la bienvenida en nombre del gobierno de Nicaragua. El largo trayecto les dio un panorama del país, un vasto territorio plagado de montañas verdes, valles extensos bañados por un sol potente y vitalizador como nunca habían podido imaginar, los pequeños poblados de casas de palo, niños desnudos correteando lechones y gallinas, perros amistosos que les salían al encuentro moviendo la cola en cada estación entre los vendedores que se acercaban a las ventanas del tren, ríos y riachuelos, era como estar dentro de una fábula lejana a la que jamás se hubiesen sentido invitados. Pero ahí estaban recorriendo el territorio hasta llegar a la capital donde los esperaba el presidente. Casi llegando a Managua vieron por primera vez el lago y los volcanes, pasando por el terreno en lo que unos años después sería El Espadillo, la finca en la que habrían de ser felices.

Una vez en la capital, en contraste con el resto de la ciudad, la recepción presidencial estuvo llena de lujos; las familias de alcurnia se acercaron curiosas al evento a contemplar a los rubios llegados de tan lejos. Vilhelm y Otto, su viejo amigo y director de la oficina encargada de la migración, platicaron largamente con el mandatario sobre los terrenos asignados en Matagalpa para asentar la colonia danesa. El presidente, calvo y sereno, sin dejar la severidad de su cargo brindó con ellos, les ofreció su más sincera amistad y se comprometió a ayudarles personalmente ante cualquier eventualidad. Cuando Niels y Edith cayeron rendidos al sueño en medio de la fiesta, los Gron se retiraron a su hotel —Edith habría de saber años después que ese hotel pertenecía a la viuda de Rubén Darío—. La familia durmió plácida, reconfortados en las palabras del anciano presidente. Al día siguiente partieron en carretas hacia Matagalpa buscando los sendos terrenos pactados para que ellos se asentaran y labraran la tierra.

Edith se viste con ayuda de su madre y una enfermera que intenta disimular unas lágrimas por la partida de la niña del hospital, y no recuerda la estafa, el pantano al que los llevaron, pero recuerda, como una placa de aflicción marcada en su infancia, las caras tristes y aterradas de sus padres durante esas semanas en lo que se conoció como La Danesia, el infierno en la tierra que les fue vendido como paraíso. Las tierras eran imposibles de cultivar, eran básicamente terrenos fangosos en los que el lodo llegaba hasta las rodillas, estaban perdidos en medio de una jungla que les parecía terrorífica, destinados a dormir bajo aleros, en hamacas al aire libre, masacrados por los mosquitos que se comían vivos a los niños; sonidos de animales, que los daneses aseguraban eran salvajes, rondaban las noches. Destinados a comer frutas y más frutas que sus estómagos desconocían y terminaban en fiebres y difterias. Los representantes gubernamentales desaparecieron justo al momento de arribar.

Otto y Vilhelm, preocupados hasta el límite luego de semanas, reprochados una y otra vez por la comunidad de La Danesia por llevarlos a ese atolladero, formaron una comisión que viajaría a Managua para poner al corriente de la situación al presidente Chamorro. Él sin duda había actuado con desconocimiento de las condiciones de la tierra, a su gobierno le convenía sobremanera la mano de obra que los daneses podían aportar, así que todo era sin duda un pesadillesco malentendido del que tenían que salir antes de que una tragedia ocurriera. El presidente era su aliado, su compromiso ante los daneses al llegar a Managua había sido sincero.

La comisión nunca partió. Dos días antes del viaje la noticia cayó como un rayo funesto a las familias de La Danesia: el presidente Chamorro había muerto repentinamente en la capital, dejando huérfanas a las cien familias danesas. Era un giro macabro del destino, un castigo de Dios. Esa misma semana los lugareños empezaron a tener conflictos con los colonos daneses, que sin respaldo del Ejecutivo quedaron a la deriva, les robaban sus víveres, contaminaban su agua y una buena noche una danesa fue atacada por un lugareño al asestarle un machetazo que casi le cercena por completo la nariz. El terror colectivo se apoderó de los colonos, y luego de insistentes llamados de ayuda a las nuevas autoridades, más por quitarse la molestia que por ofrecer una respuesta, se les ofreció el pasaje de vuelta a Dinamarca. La mayoría regresaría, repitiendo la travesía de vuelta hasta el confortable frío de Copenhague; otros migrarían a México y Venezuela. Una minoría se quedaría en Nicaragua. Los Gron juntaron sus cosas y escaparon de la efímera colonia danesa, emergiendo del interior de Matagalpa, buscando la comodidad de la ciudad, en lo que sería solo el inicio de numerosos periplos antes de establecerse definitivamente en Managua y el sol que salvó la vida de Sofie.

—*God tur, min pige* —dice la apesarada enfermera que les ha acompañado a casa gracias al danés aprendido con Edith.

—*Farewell, my dear* —responde Edith, libre de los metales.

El regreso a casa fue, y sería por siempre, uno de los momentos más felices de su vida, el abrazo de Niels, el olor de la cocina de mor, las risas de los comensales en el restaurante que llegaban como pájaros felices hasta la comodidad de su recámara, la calidez de los amigos de la familia, la tranquilidad de dormir sin los gritos de dolor entre las pesadillas y la morfina de los marines heridos.

Mientras duerme, sus padres la contemplan. Su hija está completa, en una pieza. Habían pasado tantas cosas desde su llegada a Nicaragua: el desastre de La Danesia, la muerte del presidente que lloraron tanto en su momento, la incertidumbre, el hambre, todo eso había sido necesario para llegar ahí, a ese momento. Tal vez era tiempo de dejar de desconfiar, su hija estaba viva, resoplando un sueño profundo, grande, a punto de cumplir los quince años. Era momento de hacer una fiesta.

29

1955-1956

Con Bill junto a ella, contempla el trabajo realizado hasta ahora. La estatua del fornido sargento está casi concluida. Los dos deslizan la mirada como lentos caracoles sobre la superficie de la roca tallada, volcada a la vida en la forma del desafiante soldado que, viéndose sin municiones, sostiene la monumental roca, presto a arrojarla sobre el invasor.

—Es de lo mejor que te he visto hacer, Iti —comenta el exboxeador—, y no es por alabarme a mí.

—Le faltan detalles —contesta Edith—. En los detalles está la vida, está casi terminado pero aún luce muerto.

—Para mí se ve salvaje, no sé qué más le podés hacer.

—Venas sobresalidas, pliegues en el pantalón, darles carne a los labios, cosas que lo hagan humano. Detalles, Billito, todo eso lo aprendí en Nueva York.

—¡Ah! Ni me acordaba, tu año de gringuita, yo pensé que te ibas a quedar allá, camuflada entre los cheles, y te viniste corriendo.

Su experiencia mexicana había sido provechosa y Edith sabía que sería una marca indeleble por el resto de su vida; las enseñanzas de sus maestros, las amistades y hasta el amor truncado de Antonio eran piezas que ahora la conformaban y la volvían adulta. A su regreso, la familia, sus amigos y el profesor Amador Lira fueron el salvavidas con el que evitaba hundirse en el mar de la nostalgia por lo vivido en el Distrito Federal. Con el profesor, Edith pasaba largas jornadas en el taller de la Escuela de Bellas Artes hablando de todos los conocimientos aprendidos, pero sobre todo alimentando los recuerdos del México idealizado de juventud de su antiguo maestro. Edith empezó a notarlo cada vez más viejo y empático con su pasado, sabía de alguna forma que estaba ante alguien que hace las paces con sus recuerdos para marcharse en paz de la vida.

Ese año, 1946, representa un año feliz para los Gron. Sofie y Vilhelm respiran en paz con Hitler muerto y la guerra terminada hacía apenas un año, y se informan cada día del reporte de daños que habría que reparar en Europa, su lejano continente. Y ese año también, libre de las lejanas pestes de la guerra mundial, nace Margarita, la segunda hija de Niels y Gloria.

Edith queda prendada de su sobrina y desde entonces, con apenas semanas de nacida, la convierte en su modelo predilecta para practicar rostros, sobre todo le parece un reto captar las expresiones en blanco de Margarita, expresiones de una persona que aún no es lo que será, como un boceto de humanidad por venir. Edith iba sintiendo cómo todo calzaba perfecto, cómo la vida regresaba de cierta forma a la normalidad previa a México pero a la vez era diferente, nada podría ser igual luego de su tiempo fuera, era como ver su ciudad a través de una paleta de colores distintos.

Al poco tiempo llegó la carta que la arrancaría de nuevo de esa normalidad alterada, Edith supo entonces que hay destinos de los que no se puede escapar. Su maestro Fidias Elizondo le anunciaba en la misiva que, debido a su éxito el año anterior en la exposición en el Palacio de Bellas Artes, la Universidad de Columbia en Nueva York le ofrecía una beca de dos años para cursar estudios de escultura y cerámica artística. Al principio, cuando Sofie recibió la correspondencia de manos del cartero en la Casa Dinamarca y vio el remitente, pensó que su hija continuaba en contacto con su profesor mexicano, pero ese espejismo quedó disuelto cuando Edith, esa misma noche, reunió a la familia después de que el restaurante cerrara, entre el vaho nocturno de las cervezas abandonadas a medio camino, y les compartió la noticia de la beca. Sus padres tuvieron la misma reacción que un par de años atrás cuando supieron que Edith saldría del país, sonrieron felices y se tragaron la nostalgia futura. Niels y Gloria fueron los únicos en expresar su pesar porque sus hijas cada día se apegaban más a su tía.

Mientras Edith escucha a Bill burlarse de «su año de gringuita» le ocurre algo curioso que le llama la atención desde hace mucho: intenta recordar su tiempo en Nueva York y la mayoría está enterrado entre las nieblas de su memoria. No recuerda mucho de aquella estancia, solo la fuerte melancolía que la carcomía como una plaga dentro de su pecho. Claro, recuerda su dormitorio, que compartía con una estudiante canadiense, su ventana con vista al campus desde la que fumó cientos de cigarrillos pensando en Nicaragua; recuerda sus clases, sus paseos por Central Park y la vez que subió el Empire State y por un segundo, dejando su melancolía atrás, se sintió en la cima del mundo; recuerda las calles llenas de emigrantes buscando la vida, los barcos llenos de gente como su familia hacía décadas llegando a una tierra prometida y siendo recibidos por la Estatua de la Libertad, cientos de familias huyendo del hambre de la posguerra que azotaba al continente de sus padres. Recuerda que siempre la confundían con una neoyorquina y la vergüenza de no poder hablar una sola palabra de inglés, siempre temerosa de decir algo contrario a lo que quería, o a expresarse demasiado pobremente. Aquellos edificios la abrumaban, los sentía fríos, se sentía lejos. Cierto, en México había experimentado nostalgia, pero el abrazo de su idioma la envolvía cálido, así como el sabor del picante; era una tierra lejana y diferente pero que a la vez conservaba el caos de su país. Nunca antes se había sentido tan extranjera, apartada de la gente por la barrera de la lengua, era rubia pero no era gringa, era nicaragüense pero a la vez era danesa, nadie hablaba español, nadie hablaba danés, Edith era una isla en medio de una jungla que la rechazaba. Extrañaba las brisas del lago, el bullicio del restaurante, solo la mantenían cuerda sus estudios y todo el aprendizaje que conllevaban, pero sobre todo, y ahora mientras piensa en ese año, se da cuenta de que lo que más la carcomía por ganas de volver era el hecho de que su familia crecía sin ella, el hecho de que extrañaba el abrazo infantil de sus sobrinas, era un sentimiento que no estuvo presente en México porque sus sobrinas eran algo abstracto en la distancia, pero ahora existían en ella, las había palpado, eran de carne, las había esculpido con amor agregando barro a los metales. Tenía que volver.

—Ese año fue duro —le dice a Bill, mientras se sienta a descansar en el banquillo y prende un tabaco—, me sentía perdida.

Regresó antes de terminar la beca. Tenía todo lo que necesitaba para ser la escultora que deseaba ser. El abrazo familiar, ese núcleo en el cual siempre se sintió cómoda, fue cálido; se dio cuenta de que su familia eran sus cadenas y así lo asumió. Antes de levantarse y continuar con los últimos toques del soldado esboza una sonrisa con el cigarrillo en la boca.

—No me arrepiento de haber regresado. Fuimos una familia hermosa.

Bill se traga sus burlas, mira los ojos de su antigua novia y piensa que nunca la ha escuchado decir algo tan cierto.

30

1989

Desde el aire, el azul del mar siempre le parece más profundo, el lugar de la soledad absoluta. Piensa en toda la
gente perdida a lo largo de la historia en lo ancho de sus
aguas, gente no solo devorada por el olvido del tiempo
sino también por los embates de un océano inmisericorde. Todo destinado al olvido. El agua, génesis de la vida,
será lo único que quede. ¿Quién se acordará de ella ahora
que la muerte la ronda? ¿Quién se acordará de su madre,
Sofie, una vez que todos la sigan a lo profundo del océano
al que regresaremos? ¿Será que en esa profundidad podrá
ver de nuevo a su padre? ¿Su madre será en esa profundidad la mujer vivaz salvada del frío danés? ¿O será la anciana de noventa años, postrada, que fue en sus últimos
días? Le es apabullante pensar en la forma en que se con-
sumen algunas personas. Ella hace unos años, cuatro o
cinco, todavía era alguien que se valía por sí misma, que
podía hablar sin temor de que su boca se deshiciera, la
gente aún la miraba con asombro y no con la caridad con
que se mira a una vela que está por extinguirse. Su madre
durante el terremoto era una anciana de manos vivas, de
ojos con luz, y apenas tres años después se moría de pena,
sin poder moverse en cama, con las costillas fracturadas.
Edith mira el mar. En su cabeza mil veces ha visitado
aquel día en la casa de Montoya, el día que la redujo...

Ella y su madre, solas, Niels en la finca con Gloria y las hijas adultas. Ella con la urgencia de ir a la tienda. «Mor, voy a la tienda. Por favor si suena el teléfono no te levantés, dejá que suene». La anciana asiente, le dice que comprende, que se quedará sentada hasta que ella regrese. Pero no es así y Edith no lo sabe. Todo transcurre normal, sale de casa cerrando la verja tras de sí, camina las dos calles que la separan de la tienda, el sol está en su mismo sitio, los vehículos sobre la avenida circulan a la misma velocidad, la estatua de Montoya sigue en su misma posición desde hace un siglo, el hombre de la tienda la saluda con la cortesía cotidiana. Edith no tiene idea. No lo sabe. No lo sospecha. No hay un sobresalto del corazón que le diga que dentro de casa el teléfono ha sonado. Y que ha vuelto a sonar. Y que ha sonado una tercera vez. Sofie se levanta con dificultad ante la insistencia del aparato cuyo timbre llena la casa vacía. «Puede ser una emergencia», piensa. Pero Edith no sabe nada, se despide tranquilamente del hombre de la despensa y camina de regreso sobre sus pasos las dos calles. Abre la verja. Ni siquiera escucha un quejido. El teléfono ya no suena. Sofie no se queja, simplemente está ahí, tumbada en suelo, apenas moviéndose, todo el dolor está en sus ojos rematados por su cabello blanco. Noventa años, los noventa años de su madre la miran suplicantes desde el abismo del dolor.

Fueron algunas costillas rotas. A esa edad la familia supo que era una sentencia de muerte. El médico concluyó lo mismo. Niels, Gloria, Edith, siempre al pie de la cama, sin descanso, haciendo guardia ante la respiración dificultosa de Sofie. A Edith la vence el sueño terrible, el cansancio, por primera vez en cinco años tiene que salir de casa y buscar cigarrillos, no soporta la idea de ser huérfana, de perder lo que siempre fue valioso. Afuera la tarde es calurosa y se confunde con el humo de su cigarrillo, por primera vez no le importa el cáncer. Disfruta cada calada. Al regresar a casa Niels se aferra al cuerpo de Sofie. Ha muerto en sus brazos. Edith no se perdona no haber estado en ese momento, no haberse despedido. Sofie Rasmussen ha partido al fin, ya no hay dolor. Ambos, junto a Gloria, lloran a una madre que estaba destinada a morir antes de los cuarenta años en el frío danés. Ellos dos, destinados a ser pequeños huérfanos, son ahora adultos a quienes Sofie y Vilhelm han legado un país que les salvó.

Luego de años de una culpa secreta, que solo vivía en su pecho, luego de años odiando ese maldito cigarro por el que corrió fuera de casa, por el cual no vio morir a su madre, el último cigarro que probaría en su vida, del que no le habló a nadie por la vergüenza y la rabia de haber sucumbido a una necesidad tan baja y mundana al momento que a su madre se le escapaba la vida; luego de tanto, un día cualquiera en apariencia, su sobrina Margarita, sin saberlo, le brindó la redención. En un sueño que le narró, años después, de manera casual le dijo:

—Tía Edith, soñé con mi abuela, fue extraño, no recuerdo exactamente todo, solo su voz: «Decile a tu tía Edith que deje de martirizarse por mí, que ya no sufra, que yo estoy bien, estoy con todos mis amigos, nunca fui tan feliz, que ya no sufra».

Mientras Margarita narraba de forma casual el sueño, del otro lado del teléfono, en Managua, Edith lloraba a raudales, en silencio, en la misma casa en la que su madre había muerto. Sabía que el perdón había llegado. No le dijo nada a Margarita, disimuló el llanto e imaginó a su madre rodeada de sus amigos en Europa, de sus amigos de juventud a los que nunca volvió a ver en sus largos años de vida, todos juntos tomando una cerveza en la mesa más grande de la vieja Casa Dinamarca mientras ella servía los platos que acababa de preparar.

Desde el aire, el azul del mar es más profundo. Es como la mirada de su madre viéndola desde abajo, invitándola a su lado mientras las turbinas del avión van rumiando el camino a casa.

31

1931

Después de meses, la primera vez que despierta en casa es de cierta forma irreal; aunque le parezca descabellado, las paredes del hospital se habían tornado, a fuerza del día a día, en algo normal. Ver, al abrir los ojos, el techo de zinc de su habitación, sus paredes empapeladas con garabatos hechos por ella, escuchar el tintineo de las cosas desde la cocina, todo es familiar y a la vez nuevo, y regresa a ella como un oleaje tibio que la envuelve al momento de intentar incorporarse de la cama. Al primer intento, como si fuese dueño de un sexto sentido, Vilhelm entra en la habitación y luego de dar los buenos días a su hija le extiende un plato con puré de calabaza.

—Qué lindo es despertarse aquí —dice Edith casi imperceptiblemente mientras sus mandíbulas luchan con el primer bocado.

—No hay nada más hermoso que sentirse en casa, Iti.

—Amo mi casa, far. No quiero ver un hospital nunca más en la vida. Me moría de ganas de estar aquí.

—Este lugar es tuyo y de Niels, es el hogar que siempre quisimos.

—Y que tanto costó, ¿verdad?

Llegar a establecerse en Managua había representado una odisea nómada para la familia. Prácticamente abandonados a su suerte a su llegada a Nicaragua deambularon por el país como una caravana de gitanos. Frente a la partida de la mayoría de familias que regresaban a Dinamarca huyendo de los horrores de Nicaragua, los Gron se vieron desamparados. Sin plan inmediato, decidieron comprar artículos de todo tipo a los compatriotas que regresaban y deseaban ir lo más ligeros de maletas posible. Con las prendas adquiridas los Gron viajaron a Matagalpa en el norte del país y abrieron lo que habían denominado un bazar danés. Casi de inmediato, familias acomodadas de la ciudad corrían a comprarles y con ello podían sustentar la renta del pequeño local que les servía como hospedaje y bazar a la vez. Ese era apenas el inicio de la travesía.

Mientras la familia sobrevive a duras penas, mermando el inventario de lo conseguido de las familias que habían partido, Vilhelm viaja a Managua en busca de alguna respuesta estatal que pueda ayudarles, no pierde las esperanzas en las nuevas autoridades del país, pero en la capital no encuentra nada más que las tensiones de una guerra constitucionalista a punto de estallar. Los ánimos hierven entre las dos fuerzas políticas del país y poco importa una familia danesa que se ha quedado varada por la promesa de un presidente muerto. Lo único provechoso con lo que Vilhelm regresa a Matagalpa es la amistad de un noruego radicado en Chontales al que le ha referido toda la peripecia de la familia que se queda sin recursos y se encuentra siendo víctima de los maltratos de sus caseros. El noruego, como un ángel del cielo, le ofrece posada para su familia y trabajo en el mantenimiento de una vieja fábrica de aguardiente. Se trasladan a Juigalpa.

Por unos meses la familia vive una estabilidad relativa, Vilhelm trabaja, Sofie ha comenzado a criar gallinas y los niños Gron juegan felices entre caballos y potreros. Pronto, con un poco de dinero recaudado emprenden un pequeño negocio de pastelería aprovechando las artes culinarias de Sofie. Por primera vez hacen amigos y se desprenden de sus nombres daneses: son Guillermo y Sofía. Sienten que han encontrado la estabilidad que tanto ansiaban y los dolores de Sofie han desaparecido por completo.

Pronto se dan cuenta de que no hay paraíso duradero. La guerra estalla. El espejismo se disipa, el país entra en una crisis que afecta todos los rubros incluyendo el trabajo de Vilhelm; el azúcar empieza a escasear y la pastelería termina su efímera vida. Vilhelm parte de nuevo a Managua presa de la desesperación. Su temporada allá se alarga, escasas cartas llegan hasta la familia que padece cada vez más penurias. Sofie, con una máquina de coser prestada, tiene que hacer ropa para sus hijos que ya casi visten harapos.

En Managua todo es un caos, el gobierno ha pedido a lo inmediato la intervención de marines estadounidenses para acabar con la oposición. El clima de inestabilidad es extremo al momento en que las primeras tropas estadounidenses pisan el país. Vilhelm, por primera vez luego de tantas cosas aciagas que han ocurrido, se arrepiente de haber partido de Dinamarca, el futuro le parece negro y teme por la vida de su familia entera. Luego de tanta presión por fin le recibe un senador, no uno cualquiera, uno que se conmueve por su historia, por su travesía. Ahí se le ofrece un trabajo de mantenimiento en la empresa encargada del ferrocarril.

Los Gron se despiden de Juigalpa, su temporada ahí será siempre atesorada como una época feliz, las dificultades vividas van quedando enterradas en el tiempo y Edith y Niels rememorarán una etapa de esplendor cada vez que miren sus fotografías entre caballos y calles de tierra. Cuando se asientan en la capital ha pasado más de un año desde el desembarco en Corinto. Al fin tienen un hogar, uno donde habrán de crecer y convertirse en nicaragüenses.

—Por eso amamos este lugar, Iti. Porque acá al fin encontramos lo que buscamos por tanto tiempo y con tanta dificultad. Este es el lugar que podés llamar tu casa.

—Y es hermoso estar de vuelta.

—Sí, mi cielo —contesta Vilhelm—. Es hermoso estar viva —agrega mientas acaricia el cabello de su hija que ya crece frondoso.

32

1955-1956

Terminar una escultura, sobre todo una escultura monumental, siempre resulta para Edith una especie de alivio, un desembarazo. Durante todo el proceso Edith disfruta y padece de manera agridulce. Le gusta esculpir, pero le gusta más haber esculpido. La satisfacción de ver concluida una obra la llena de un gozo que ninguna otra experiencia a lo largo de su vida ha podido darle. Pero ahora, al saber que la obra de Andrés Castro está llegando a su fin, siente una tristeza honda, como si de alguna forma no quisiera llegar al martillazo final que active la chispa de vida a la estatua del fornido soldado de vista desafiante. Haber estado todo ese tiempo con Bill, rememorando tantas cosas vividas, la ha llenado de un gozo nostálgico, puede afirmar que por primera vez se siente vieja; no adulta: vieja. Sus casi cuarenta años le han dado mucho pasado, un camino recorrido que ya puede contar como largo.

Al regresar de Estados Unidos, herida de nostalgia nicaragüense, se vio inmersa en la época más feliz, en la cual se combinaron las dos cosas que más la habían llenado de vida: el trabajo y la familia. Sus sobrinas crecían risueñas y ella las amaba como nunca había amado antes, sus padres comenzaron a hacerse viejos y Niels y ella eran quienes velaban por la estabilidad familiar. El Espadillo producía y entre sus tierras Gloria y su hermano vivían una cotidiana y a la vez férrea historia de amor que, Edith estaba segura, solo podría derrumbar la muerte.

Su periodo más prolífico de trabajo comenzó. Se vio convertida en la escultora nacional, la más codiciada por el Estado y para numerosos encargos particulares. Se vio de pronto invitada a dar charlas en su vieja Escuela de Bellas Artes donde años atrás había entrado tímida a entrevistarse con el profesor Amador Lira, y en cuyos pasillos había aprendido sus primeras nociones teóricas de arte. Era una sensación irreal estar ahí hablando a párvulos que le miraban deslumbrados, párvulos como ella había sido en esas mismas instalaciones. Durante todos esos años su nombre y su trabajo se volvieron omnipresentes en todos los estratos artísticos del país. Comenzó a trabajar los bustos de Rubén Darío que desde entonces llevarían su marca, que desde entonces estarían ligados siempre a ella. La figura, la tez del poeta jamás sería repensada sin su interpretación escultórica. Cada cierto tiempo el gobierno le encargaba un busto de Darío destinado a regalos de Estado, lo que la llevó a colocar figuras del poeta alrededor del mundo. Uno de los halagos más demoledores fue cuando la viuda de Darío, Rosario Murillo, ya anciana, le dijo que ver sus cabezas era como volver a ver con vida al poeta muerto décadas atrás. Su pasión por Rubén había florecido desde la adolescencia y la idea de estar ligada de alguna forma a su figura la llenaba de orgullo. Cada vez más, su nombre aparecía en los diarios y era invitada a un sinnúmero de recepciones. Su taller, entre las correrías de sus sobrinas, se llenaba cada vez más de figuras y rostros, de poetas, políticos y próceres a los que rescataba de la tumba y volvía a la vida. Su férrea cabeza de Victor Hugo ante la que el embajador francés quedó deslumbrado, los bustos de Pablo Antonio Cuadra y Azarías H. Pallais, Simón Bolívar emergiendo de una piedra informe con su sable presto y la mirada al futuro. Fueron años de no descansar.

Mientras trabaja con lentitud, con la esperanza de no acabar, mira a Bill, escucha sus chistes. Piensa en cuántas esculturas ha dejado atrás, y en cuánto ha disfrutado esta. No quiere terminar, no quiere tener que llamar a los estudiantes del Ramírez Goyena y develarles lo que ha logrado, decirles que todo el esfuerzo que han hecho ha llegado a su fin, que ella ha cumplido con creces, quiere detenerse en ese momento exacto, con el martillo en la mano y el cincel a medio camino entre el aire y la piedra. Una vez que termine Bill se irá y no volverá al día siguiente, ya no habrá más sesiones, ya no podrá rememorar a través de su humor lo que ha sido la vida hasta entonces.

—Te miro muy distraída —le dice él mientras Edith recuerda.

El trabajo ha sido duro y ha tenido grandes lumbreras. Hace apenas tres años ha sido la cúspide: su primera exposición personal en Palacio. Treinta y tres piezas de temas variados en los que había combinado a sus próceres con la familia y sus búsquedas personales. Ver a todas aquellas personas recorriendo los pasillos, deteniéndose ante cada obra, acercando el rostro para contemplar los detalles, murmurando con admiración sobre su trabajo. Amigos y desconocidos acercándose para felicitarle, para adularle, qué sensación cálida sentirse querida por su trabajo, por cada una de esas treinta y tres piezas que representaban treinta y tres batallas que había librado con igual temple.

—Mujer, te estoy hablando —reclama Bill.

—Hagamos un descanso —responde Edith—. Tomemos algo.

—Como vos querás.

—¡Sosa! —grita.

La estatua queda en pausa y los pasos de Sosita se escuchan presurosos desde el fondo de la casa al acercarse al taller.

33

1989

Aunque es un vuelo en extremo corto, Edith escucha, desde los últimos asientos, que una azafata ofrece café y bocadillos. Casi todos los pasajeros aceptan gustosos, y Edith vuelve a sentir un golpe de hambre en el estómago. Piensa de vuelta en la papilla que lleva en su bolso, pero desiste al instante. Quitarse el cubrebocas y comer esa masa, llevándose el tenedor con manos temblorosas, la haría ver como una anciana desvalida, algo que deja contemplar solo a poca gente de su confianza.

Puede percibir cierta alegría en la gente que viaja con ella, alegría de llegar a casa después de una larga temporada, o alegría de llevar a casa, entre las maletas, cosas imposibles de encontrar en Nicaragua, desde hace casi diez años bloqueada y revuelta entre las balas de la guerra. La revolución cumpliría una década. Lo que más le sorprende a Edith, de forma personal, es haber vivido la dictadura completa, más de cuarenta años de somocismo, y ella los había vivido completos. Muchos de los jóvenes que peleaban en la montaña, en lo que ellos llamaban la defensa de la revolución, ni siquiera tenían edad para recordar la vida bajo los Somoza. Edith, ahora piensa con horror, había tratado personalmente con los tres Somoza gobernantes, había estrechado sus manos en algún momento u otro y había trabajado encargos numerosos para

182

sus gobiernos. De nuevo siente alivio de su retiro forzoso, de nunca más poner sus manos al servicio de esos hombres.

Ninguno de sus padres vivió lo suficiente para ver a Nicaragua sacudirse de encima, unida y en armas, a la familia reinante. Les tocó a ella y a Niels, ahora diplomático, ver el cambio radical de modelo de vida; era imposible no haberse entusiasmado con la revolución, su aura era gigantesca y contagiosa. Pero a ellos se les hacía imposible zambullirse completamente en la euforia colectiva, pues una parte remota les decía que siempre serían extranjeros, que no era correcto intervenir. Claro, Edith lloraba en silencio la muerte de tantos jóvenes, algunos de ellos sus conocidos. Cuando el triunfo llegó y Somoza huyó de Nicaragua en julio de 1979, Edith llevaba casi una década inactiva, pintando apenas cuadros sencillos y trabajos en taraceas que la mantenían de cierta forma ocupada y creando, pero hacía mucho que su nombre se iba diluyendo de los círculos artísticos, y otros cobraban relevancia sorprendente de la que Edith tomaba nota.

Le sería imposible olvidar aquella plaza tomada por todos los frentes de combate, desbordada de gente jubilosa, todos reunidos en Managua en el primer día de su nueva vida, la algarabía generalizada de haberse sacudido una pesadilla demasiado real. Pero dentro de los gritos y las risas de los guerrilleros que se abrazaban al reencontrarse entre los disparos celebratorios al aire, siempre estuvo el silencio de los muertos, de todos los que no habían podido ver ese día porque sus ojos habían sido carcomidos en alguna fosa clandestina. Edith siempre recuerda ese silencio en medio del barullo.

Mientras la azafata se acerca cada vez más a su asiento, Edith recuerda aquellos rostros barbudos y felices, y siente rabia, se pregunta si esos jóvenes aún viven hoy, esos que pensaban que aquel era el despertar de la pesadilla hacia un paraíso donde todo sería mejor. Ahora Edith lo sabe, lo que ella y todos no sabían entonces, ese día se cerraba un telón de sangre, pero se abría otro.

—¿Quiere café, señora? —pregunta la azafata.

Edith niega con la cabeza. Se acomoda el cubrebocas. El paladar le punza, junto al recuerdo de los muertos, pero también de los vivos.

34

1931

Edith comienza a hacer pequeñas excursiones desde su habitación de convaleciente hacia el restaurante. Todo sigue igual. Las mesas dispuestas en el mismo orden en que las había dejado antes de salir a la playa el día del accidente. Es como si de cierta forma las risas de los comensales se hubiesen detenido y reanudado en el momento en que Edith regresó a casa.

Todavía no ha podido verse en un espejo. Por recomendación de los doctores no es prudente que Edith contemple su reflejo hasta que las cicatrices hayan ido desapareciendo y así evitarle cualquier posible trauma. A ella parece no importarle mucho, pero la verdad es que desea con ahínco verse; hace lo posible por ver su figura reflejada en los platos del restaurante, en las botellas oscuras de cerveza, pero no osa desobedecer a sus padres y revisar la casa en busca de los espejos que han escondido.

Estar en el restaurante le resulta reconfortante, aunque sus funciones como ayudante se han reducido al mínimo. Saluda amable a los clientes, sobre todo a los regulares, e intenta leer en sus rostros algún reflejo del suyo, alguna sorpresa que denote el estado de su cara, pero todos actúan con normalidad. No sabe si se debe a que su estado es mejor de lo que ella sospecha o si los comensales logran disimular con gracia su reacción. De igual forma, todo le resulta hermoso, lejos del sometimiento del hospital que le parece un sueño amargo que quisiera no recordar. El restaurante había terminado siendo el ancla que terminó sus vidas de nómadas. Una vez que se habían afincado en Managua y Vilhelm había empezado a trabajar en la empresa ferroviaria se había aliado con otro danés, de los pocos que habían quedado rezagados de la fallida empresa de La Danesia, para producir cerveza de forma artesanal según los conocimientos de su nuevo socio. Habían alquilado un pobre local mal amoblado con piezas roídas que poco a poco habían ido remodelando para poder atender a una precaria clientela que generaba más pérdidas que ganancias. Frustrado y con un hondo sentimiento de derrota, su socio danés decidió darse por vencido y abandonar la empresa, se despidió de los Gron y partió de vuelta a Dinamarca arguyendo que para morir de hambre era mejor hacerlo en casa. Vilhelm se vio entonces solo, a cargo del local que para entonces le parecía un barco destinado al naufragio.

El patriarca Gron estaba a punto de darse por vencido en su empresa cuando en una gira de trabajo a León se encontró en la Casa Prío, cuyo dueño le confesó tener un cargamento entero de cerveza alemana en su bodega, que los paladares leoneses rechazaban por pesada y amarga. De inmediato Vilhelm ofreció comprar el cargamento a un precio justo que el capitán Prío aceptó al no poder deshacerse del producto de ninguna otra forma. La visión de Vilhelm dio frutos cuando los marines estadounidenses empezaron a llegar por decenas, contentos por el sabor de la cerveza alemana. Esa había sido la piedra sobre la cual se fundó la Casa Dinamarca. A los meses Vilhelm abandonaba la empresa ferroviaria para dedicarse por completo a su negocio con la ayuda de todos los miembros de la familia. Poco después fue capaz de importar cerveza Tuborg desde Dinamarca y promocionarla en la fachada del restaurante. La estabilidad había llegado. Niels y Edith fueron inscritos en la escuela, donde pudieron, al fin, probar la vida de niños normales. Por las mañanas asistían a clases y por las tardes, mientras atendían en familia a los clientes, les hablaban de las lecciones a sus padres, quienes a través de ellos aprendían de historia y geografía de Nicaragua.

Los hermanos Gron habían aprendido a valorar ese negocio como el triunfo sobre la adversidad, como el fruto de la perseverancia de un padre que nunca se había dado por vencido, por ello colaboraban gustosos con todo lo que tenía que ver con servir de la mejor manera, como una forma de agradecimiento por la vida que les había tocado vivir; era por eso que Edith, mientras escuchaba esas risas familiares, el chocar de las botellas brindando, a los comensales decir «estuvo delicioso, doña Sofía», a los marines maldecir en inglés, se sentía segura, protegida por todo lo que su padre había construido para ellos. Pronto podría verse en el espejo y la vida volvería a ser la de siempre, pronto volverían a la playa.

—Ya ayudaste demasiado, Iti. Andá a descansar. —La voz de Sofie en medio del salón.

Edith no responde. Regresa a su habitación acogida por la voz de su familia, pero lejos de sentirse mal, se siente envuelta en la voz cálida de la madre. Se deja caer cuidadosa sobre su cama y ve hacia el techo. Su techo.

35

1955-1956

Mientras Edith esculpe con fuerza, y Bill le habla sin parar, ella se pierde en su interior, se pregunta qué hará después de esta escultura. Lleva un par de años trabajando sin parar, saltando de una escultura a otra, sin un solo rato de ocio, sin un momento para pensar en su vida. Sin darse cuenta de que ha estado evitando pensar en su padre. Ya han pasado dos años desde el accidente de Vilhelm. Luego de Nueva York la vida había sido lo más hermosa que pudo soñar: familia, fama y trabajo. Edith estaba segura de que nada podría detener esa locomotora de felicidad en su vida, pero los azares no respetan, no hay felicidad intacta. Unos días antes de que ella cumpliera treinta y siete Vilhelm sufrió una caída monumental, un accidente doméstico como le podría ocurrir a cualquiera, que había resultado en una fractura de fémur que partió el hueso a lo largo. Edith se recuerda en el hospital junto a su madre, Niels y Gloria y sus hijas pequeñas. Cuando recuerda esas horas siempre le parecen imágenes estáticas. La familia sentada fuera del quirófano. Alguien diciendo que había que comer. El llanto de la madre. Alguien diciendo que solo habría que entablillar la pierna. Y lo más confuso de todo siempre es quién dio la noticia, a veces recuerda a una enfermera, a veces a un médico. Lo que siempre recuerda son las palabras pronunciadas, sin importar quién las había dicho. Una insuficiencia cardiovascular resultado de la administración de éter anestésico. Vilhelm tenía setenta y un años.

Lo que siguió fue una especie de limbo. En vez de celebrar su cumpleaños, Edith estaba enterrando a su padre. Todo parecía como algo sacado de una película, la caravana fúnebre entrando al Cementerio General dando la bienvenida con su arco de *Letum non omnia finit*, los llantos de amigos y de desconocidos. Recuerda estar desconcertada al ver sollozando a gente que nunca había visto en su vida; supo entonces que su padre, afable y certero, había trastocado más vidas que las cercanas a ella. Las flores cayendo leves sobre la caja una vez en el fondo de la fosa, el cuerpo de su padre que yacía inmóvil dentro de esa especie de maleta de madera, una sonrisa candorosa apagada por una mueca pétrea de dolor. Vilhelm había venido de tan lejos a legarles una vida, y ahora eran una familia descabezada, una sensación de amputación se apoderó de ellos como un todo, eran un muñón sangrante. ¿Cómo era posible que far ya no estaría detrás del mostrador de la Casa Dinamarca? Todo se sentía confuso y perdido sin él.

Al poco tiempo de la ausencia de Vilhelm el negocio no tuvo más sentido, la Casa Dinamarca cerró sus puertas, incapaz de sobrevivir sin el corazón de Vilhelm bombeando vida al lugar, era de cierta forma un sacrilegio seguir adelante. El local se remodeló y se dio en alquiler, la familia se mudó a Montoya, donde Vilhelm había empeñado sus últimos años en construir la enorme casa donde la familia podría estar unida. El Espadillo pasó totalmente a manos de Niels, y un par de propiedades más pasaron a generar ingresos de las rentas.

Edith volvió a meterse de lleno en la escultura, trabajaba destrozada, en medio del llanto, en medio de la tristeza, de la ira, en medio del sentimiento de absurdidad que había dejado el accidente. Tenía treinta y siete años y no sabía cómo vivir sin padre. En medio del dolor esculpió un Cristo resucitado, con el torso desnudo y las manos extendidas, las palmas listas para recibir todo el dolor; lo nombró *El Sembrador*, y fue colocado sobre la tumba de su padre, en un pedestal que rezaba GUILLERMO GRON (1883-1954).

Ahora, mientras talla con fortaleza y la voz de Bill llega inentendible a sus oídos, como quien habla bajo el agua, sus ojos se nublan, se da cuenta de que lleva todo este tiempo, estos dos años, trabajando sin descanso para no desplomarse, para no colapsar sin los brazos de su padre que la sostengan. Era cierto, luego de su muerte todo se había sentido perdido sin él, pero luego recuerda la travesía desde Copenhague, la vida errante en Nicaragua, la felicidad de la Casa Dinamarca, a su madre viva bajo el sol, la finca llena de amigos y risas, la casa misma en la que esculpe ahora, su estudio. Ahora lo entiende. Era todo lo contrario, no se había perdido nada con su muerte, se había ganado todo con su vida.

Pule con fuerza la áspera roca, con rudeza, en círculos. De pronto para. Vuelve en sí. Sopla el exceso. Se pone de pie y se aleja unos metros. La contempla desde todos los ángulos. Lo sabe. Está vivo.

—Mirá vos —le dice a Bill interrumpiendo su monólogo—. Ya terminamos.

36

1989

Llevan lo suficiente en el aire para que Edith sepa que están próximos a llegar a Managua. Al ser un vuelo tan corto, la azafata ha retirado las tazas de café antes de que muchos pasajeros pudiesen terminar su bebida. Edith se alegra de no haber pedido nada. Siente el nervio común que experimenta cada vez que está próxima a un aterrizaje, pero esta vez sus nervios son distintos, son nervios que tienen que ver con su destino. Volver a Nicaragua se ha vuelto una idea abstracta, no en lo que concierne a su vida; ella llegará, Niels y Gloria estarán esperándola y reposará en su cama de siempre, la cama que ya tiene el molde de su peso. No es eso lo que la angustia, es el país en general; después de diez años de guerra se celebrarán elecciones, las primeras elecciones libres de las que ella tenga memoria en todos sus años de vida. Todo apunta a que el Frente Sandinista ganará los comicios, lo cual implicaría la continuidad de la guerra.

Nicaragua se queda gradualmente sin jóvenes, pronto será un país de viejos que mata a sus hijos y nietos. Otros especulan que el presidente Daniel Ortega anunciará la abolición del servicio militar. De ser cierto, los niños dejarían de ser sacados de las escuelas al cumplir dieciséis años para ser enviados a luchar contra las tropas antirrevolucionarias financiadas por Estados Unidos que cada vez penetran más las fronteras del país. Edith siente que las fuerzas se le escapan del cuerpo, le duele mucho la idea de morir viendo a su país herido, royéndose los huesos unos a otros. Piensa en la idea de la Unión Nacional Opositora ganando las elecciones, le parece un imposible. El brazo del FSLN es fuerte, pero por un momento imagina lo impensable: la derrota electoral del sandinismo en los comicios por venir, piensa en el trabajo monumental de levantar un país en ruinas y los corazones en ruinas de quienes lo habitan. Las familias se han fragmentado, las amistades se han perdido. Nicaragua tendría que aprender a vivir en el rencor sin recurrir al plomo. Vendrían las humillaciones entre unos y otros, la discriminación. Los niños de los noventa crecerían con miedo, con los prejuicios heredados de sus padres; unos niños no se juntarían con otros porque sus padres habían luchado en uno u otro bando; los niños de los noventa no recordarían el sonido de las balas pero crecerían en el odio oculto, en un país incapaz de reconciliarse.

Edith recuerda a Goyo, su perro, ese que, una vez que llegue a casa, se descontrolará de emoción al verle, caminará entre sus piernas hasta casi tumbarla, olfateando cada recoveco de su dueña. Goyo había desaparecido unos años atrás, era un pastor alemán de pelaje brioso. Cuando Goyo se extravió, Edith puso al barrio en movimiento para encontrarlo, habló con vendedores, guardias de seguridad, vecinos… Luego de meses, cuando hacía mucho que había perdido las esperanzas, un hombre apareció en su puerta con información. La casa de Edith en Montoya, que ahora también fungía como consulado de Dinamarca, colindaba con el parque El Carmen, que en sí era lo único que separaba su casa de la casa del presidente Ortega. Según el hombre, Goyo, perdido, había ido a dar a la casa del mandatario y fue adoptado por los guardias presidenciales; en resumen, Goyo llevaba meses fungiendo como guardia canino del presidente.

Después de obtener la información Edith habló con los guardias de Ortega y Goyo regresó a su custodia. El perro estaba más fibroso y fornido de lo que ella alguna vez lo había visto, ya que era alimentado con esmero y calidad. Tenía mejor vida que muchos niños en el país. Desde entonces Edith, cuando se quedaba sola con Goyo, solía contemplarlo tendido cuan largo era, y se preguntaba qué secretos había escuchado, qué designios que marcarían el rumbo de Nicaragua podía esconder el perro de ojos tranquilos. ¿Sabría Goyo acaso cuándo terminaría la carnicería de la guerra?

Todo era incierto en el país, la única certeza era su destino personal, el que ya había asumido. Ahora se siente cansada. Cierra los ojos y jura que puede sentir el avión bajando levemente.

37

1932

El ambiente es festivo en la casa. Casi está listo todo. Solo faltan los invitados. Como le han dicho sus padres, no se cumplen quince años todos los días. El año 1931 ha quedado en el pasado y con él todo lo ocurrido, la destrucción de Managua y su accidente brutal. Poco a poco, ciudad y niña iban recobrando la vida. Sofie decoraba la sala con trenzas de papel maché rosa, mientras Niels y Vilhelm juntaban mesas del restaurante y colocaban un recipiente con abundante arroz valenciano y numerosos platos. Sería un evento fantástico reunir amigos, celebrar la vida de Edith. Tenerlos a todos en esa casa que había resistido los embates del terremoto. Aquel Martes Santo solo Edith y su madre se encontraban en casa cuando sintieron la sacudida monumental y escucharon el desplome unísono de las casas vecinas. Jamás habían experimentado algo tan poderoso, la palabra *terremoto* remitía a catástrofes lejanas y prehistóricas. Y en un segundo esa palabra se había convertido en parte de sus vidas, de sus historias. Salieron despavoridas al parque San Sebastián, frente a la casa, donde ya empezaban a reunirse los vecinos, niños, hombres y mujeres espantados, cubiertos en llanto.

Vilhelm estaba realizando diligencias en compañía de su pequeño hijo cuando la sacudida los sorprendió dentro del viejo Ford, detuvieron la marcha y vieron las casas que caían hasta el suelo, como aplastadas por una monumental mano invisible. Ambos abandonaron el vehículo, imposibilitados de circular por las calles derruidas, y corrieron aterrados hasta casa. La idea de que Edith y Sofie podían yacer bajo los escombros era más poderosa que el cansancio, la idea de quedarse solos en el mundo era demoledora, y el alivio de ver a la distancia la casa en pie y encontrarse con ellas reagrupadas con los vecinos en el parque fue una de las sensaciones más hermosas que habrían de experimentar en la vida. Se abrazaron, lloraron y compartieron la experiencia reciente. Luego de horas de estar en el parque, temerosos de reingresar a las casas ante la posibilidad de una réplica, Vilhelm, Sofie y algunos vecinos realizaban excursiones relámpago dentro del restaurante para rescatar agua y alimentos para las personas que aguardaban en el parque.

Esa casa, la Casa Dinamarca, que había servido de refugio a los afectados, ahora se vestía de gala para celebrar a Edith, que en su habitación terminaba, con ayuda de su madre, de entallarse un vestido largo. Las manos de Sofie terminaban de colocar guirnaldas floridas en el cabello de su hija que pronto saldría al salón y sería felicitada por los amigos.

—Es hora, hija, pero primero una sorpresa —dice Vilhelm al entrar a la pieza junto con Niels.

Edith siente curiosidad, sabe que será su regalo.

Del pasillo su padre toma un paquete envuelto en papel rosa, es largo y angosto. Edith lo toma, y desde el momento de sostenerlo adivina el contenido por su tacto. Antes de desgarrar el papel sabe de qué se trata. Frente a ella está, liso y de cuerpo completo, la amplia superficie de un espejo. Se ve, maravillada; el vestido es precioso, las guirnaldas son hermosas, y su rostro es aquel que recordaba. Apenas un ojo se ve decaído, como terminando de desperezarse. Las cicatrices son apenas visibles, pequeños surcos que desaparecerán con el tiempo. La familia se coloca detrás de ella, enmarcados como para una fotografía. Edith se siente grande. En el reflejo se ve completa. Lista para la vida que vendrá.

38

1956

Ver la cara de los estudiantes contemplando la estatua compensa todo el esfuerzo. Edith sonríe mientras los halagos de los jóvenes llueven sobre ella. Dicen que es más hermosa, más grande y mejor de lo que podían creer. La espera ha valido la pena, el misterio de la escultora con respecto a su trabajo ha dado frutos. Edith siente sus brazos livianos, como si hubieran quitado de ellos unas pesas invisibles. Por fin los estudiantes saben que la barrera impuesta por la escultora ha sido derrumbada, que pueden ser amigos de nuevo, que pueden pasar de vez en cuando por su estudio a saludarla y tomar limonada. Ellos también han terminado el trabajo, lo que había nacido como una idea alocada del bibliotecario es ahora un monumento sólido de dos metros. La idea se ha hecho piedra.

Bill ha abandonado el estudio, ha dado un abrazo fuerte a Edith. Se ha ido maravillado del resultado de la escultura, en ella se descubre fortificado, como si Edith hubiese recreado, desde la profundidad de su mente, su antiguo cuerpo de boxeador, como si la memoria táctil de la artista hubiese ido reconstruyendo ese cuerpo que tan bien conoció en el pasado.

—Te cuidás, danesita —le dice antes de desaparecer bajo el sol de la ciudad.

El 14 de septiembre, como fue planeado desde el principio, en el centenario de la batalla de San Jacinto, se lleva a cabo la inauguración en la entrada de la hacienda histórica. Los estudiantes han hecho en caravana el recorrido, emocionados y alterados, felices, como bandadas de pájaros inquietos. Somoza ha pedido a la rectoría del instituto estar presente en la ceremonia, pero los estudiantes, arriesgados, alegando que es un acto meramente escolar, le han negado al dictador su deseo de participar. Nada debe manchar el esfuerzo realizado.

A la entrada de la hacienda, sobre un alto pedestal, se erige desafiante el soldado, fornido, con la vista rapaz sobre el enemigo, a punto de lanzar la piedra; es un campesino, es un obrero, es un ciudadano común, no es un general, no es un presidente. El rector Guillermo Rothschuh da las palabras emocionado mientras los alumnos hacen guardia y contemplan la estatua. La mañana es cálida y Edith contempla satisfecha la escena, escucha las palabras del rector con atención. De pronto una caravana pasa rumbo a la hacienda, no hace falta indagar mucho para saber de quién se trata, es Somoza que desafiante pasa hacia un acto que se ha inventado en el interior de la hacienda. Todos voltean la vista, algunos estudiantes abuchean mientras el dictador saluda disminuyendo la velocidad como forma de burla. Edith nota entonces cómo un muchacho flaco, enjuto y de grandes espejuelos clava la mirada en la caravana del presidente, adivina que es el bibliotecario, Carlos Fonseca, el arquitecto del proyecto de la escultura de Andrés Castro.

Somoza pasa de largo, burlón y satisfecho, no sabe que le queda una semana de vida. No sabe que unos días después, en una fiesta para celebrar su campaña de ree-lección, un joven poeta de veintiún años disparará contra él arrancándole la vida, iniciando el fin de la dictadura. La caravana ha pasado, las palabras del rector se reanu-dan, los estudiantes aplauden y Edith contempla la escul-tura. Ahora ya no le pertenece, es de todos los que la admiren. Ahora la historia del humilde soldado queda tallada en piedra, pero a la vez es un secreto, es su antiguo boxeador. Ha despertado al hombre que dormía en la piedra, y desde su alto pedestal estará ahí. Un monumen-to al coraje y al amor secreto.

39

La azafata desaparece, Edith sabe que ha ido a sentarse y a ajustar su cinturón. Los pasajeros acomodan sus asientos y se abrochan. Edith asoma la vista y solo ve el mar. El hambre aumenta, pero el nerviosismo ha desaparecido. No piensa volver a Costa Rica, los tratamientos han terminado para ella, asume el cáncer como parte natural de la vida. Todo lo que es natural será tocado, tarde o temprano, por la decadencia. Solo quiere llegar a casa. Vuelve a pensar en el cuaderno que ha dejado sobre su cama, quiere tomarlo y seguir bocetando esculturas que ya nunca labrará. La asalta la revelación de que es mayor de lo que su padre alguna vez fue, piensa en él, sabe que estaría asombrado de notar que la vida le alcanzó para tanto.

El altoparlante anuncia que han comenzado el descenso a Managua. Edith se acomoda en su asiento. Recuerda a Vilhelm, cuando ella era una niña, señalando al fondo de la laguna de Asososca en sus tardes en el parque Las Piedrecitas, intentando que Edith descubriese la figura de la serpiente emplumada en uno de los farallones. «Esa serpiente lleva cientos de años ahí, Edith, nadie sabe quién la puso, sin embargo estará ahí mucho después de que nosotros nos vayamos». La carne muere, la piedra perdura.

Su padre, su madre, y ahora ella. Solo quedará lo que una vez hizo. Lo que labró a lo largo de la vida. Sus sobrinas dirán un día señalando sus esculturas: «Eso fue mi tía», y eso harán sus hijos y los hijos de sus hijos. Bill yace muerto en el cementerio y de alguna forma sigue vivo sobre un pedestal que lleva décadas a la entrada de una hacienda, que a su vez lleva un más de un siglo siendo el lugar de una batalla que ahora todos en el país recuerdan.

El avión empieza a empinarse mientras se desplaza horizontal, reduciendo su altura. Edith recuerda aquella muñeca que trajo consigo en el barco a los seis años, esa muñeca de trapo que se negó a dejar en Copenhague, la misma que terminó regalando a su amiguita durante el brote de sarampión. Se pregunta si toda su vida se trató, a través de la escultura, de rescatar la figura humana de esa muñeca perdida. Compensar lo que perdió de niña con todo lo que había ganado como mujer. Tal vez.

Sabe que Niels y Gloria ya están en el aeropuerto, que Goyo se alegrará de verla una vez en casa. Asoma de nuevo la vista por la ventana. El avión desciende a velocidad. Puede ver los lagos y los volcanes de Managua. Sabe que será su último aterrizaje. El inmenso espejo del Cocibolca es surcado por la sombra de la aeronave, como un oscuro pájaro que parte el cielo en dos. Más allá debe estar Asososca y la serpiente debe de permanecer ahí inmóvil, sin tiempo que la amenace. Su asiento vibra. El tren de aterrizaje está afuera y Edith cierra los ojos para el contacto. La verdad, no importa si nada perdura, la vida ha sido hermosa.

Saint-Nazaire/París, 2015–
Managua/Ciudad de México, 2018

Nota

Edith Dorthe Gron Rassmusen murió en su casa de Managua el 15 de marzo de 1990 a los 73 años de edad. Está sepultada en el Cementerio General de la misma ciudad junto a sus padres. Su muerte pasó casi desapercibida por los medios nacionales enfocados en la derrota electoral del Frente Sandinista, el traspaso del poder por parte del gobierno y el fin de la guerra luego de diez años de conflicto bajo el mandato del presidente Daniel Ortega. Muchos de sus monumentos públicos permanecen en deterioro, imbatibles al tiempo y olvidados por las autoridades pertinentes. Su nombre es desconocido por las nuevas generaciones, y la mayoría de su trabajo personal no se encuentra registrado y está esparcido por distintos países sin forma de rastrearlo.

Agradecimientos

Este libro tiene deudas con muchas personas. Quiero agradecer especialmente a Margarita Gron, Esperanza Gron y Sylvia Ketelhohn Gron. Mediante sus palabras Edith volvía a la vida, más humana de lo que mis letras pueden retratarla. Pido disculpas al resto de sobrinas de Edith que por efectos narrativos no se mencionan en la novela. Quiero agradecer a Roberto Sánchez Ramírez, quien aparece en las páginas de este libro y a quien no le alcanzó la vida para leerse en él. Agradezco los aportes de los maestros Róger Pérez de la Rocha y Hugo Palma Ybarra. Agradezco las confidencias de esta historia con Gioconda Belli. Siempre agradezco la generosidad de Sergio Ramírez. De igual forma estoy agradecido con la hospitalidad de Patrick Deville en la Maison des Écrivains Étrangers et des Traducteurs de Saint-Nazaire, en Francia. Agradezco el apoyo incondicional de mi agente Michael Gaeb. A Alejandra González, por su oído. Agradezco el archivo compartido generosamente por Eddy Khül Aráuz. Destaco la complicidad con Juanita Bermúdez. Gracias a Yasica Sequeira, por su apoyo generoso al principio de esta investigación. Estoy en deuda con mis amigos Eduardo Flores, Carlos Fonseca Grigsby, Tomás Arce, Rodrigo Rodríguez, Greta Cisne y Donaldo Sevilla, quienes siempre estuvieron pendientes de este proyecto.

Y quiero agradecer a Adriana Zea por su apoyo revitalizador en los días tan difíciles que coincidieron con el proceso de agonía editorial de este libro.